MARTA PALAZZESI

PLUME & GRIFFE

Illustré par Ambra Garlaschelli
Traduit de l'italien par
Nathalie Nédélec-Courtès

Ce livre a été traduit grâce à une aide à la traduction
allouée par le ministère italien des Affaires étrangères
et de la coopération internationale.

Questo libro è stato tradotto grazie a un contributo
per la traduzione assegnato dal Ministero degli Affari Esteri
e della Cooperazione Internazionale italiano.

Édition originale publiée en 2023 sous le titre *Piuma & Artiglio*

ISBN : 979-10-235-1980-8

www.seuiljeunesse.com

Conforme à la loi n° 49-956 du 16 juillet 1949
sur les publications destinées à la jeunesse.

PROLOGUE

Valence, Espagne, 1904

CHAPITRE 1

Valence, Espagne, 1914

Amparo sortit de sa chambre en sautillant sur un pied, occupée à lacer l'une de ses bottines.

Dans son empressement, elle faillit perdre l'équilibre. Heureusement, elle se rattrapa d'une main au manteau de la cheminée sur lequel étaient alignées ses créations : des animaux en bois sculptés avec habileté qui lui valaient l'admiration du barrio tout entier.

— Je vois que quelqu'un a hâte d'aller se promener, commenta Mariano en s'asseyant à la table pour préparer sa pipe avec des gestes rituels.

Un peu de tabac tomba sur le sol, rejoignant la fine couche de sciure qui recouvrait le carrelage rose et vert.

La jeune fille s'affaira encore quelques instants avec ses bottines, puis courut jusqu'au crochet près de la porte d'entrée pour y prendre sa cape couleur de sauge dont elle se couvrit les épaules.

— Je reviens dans une heure, annonça-t-elle.

Mariano acquiesça en tirant une bouffée de sa pipe. Deux minces volutes de fumée serpentèrent hors de ses narines, dansant dans l'air chaud de la pièce.

— Mais ne t'attarde pas dans le Cabanyal après le coucher du soleil.

— Je sais.

— Je sais que tu le sais, dit l'homme en souriant. Mais on a parfois tendance à oublier même ce que l'on croyait connaître par cœur.

Amparo salua son grand-père et sortit dans la rue. Cela ne lui serait jamais venu à l'esprit d'aller jusqu'au port dans l'obscurité, malgré l'attrait de la foire qui venait de s'y installer : une cinquantaine d'attractions destinées à attirer le public dans leurs griffes pour ensuite le relâcher, la tête pleine d'émerveillement et les poches gonflées d'air.

Don Sebastián, qui habitait de l'autre côté de la rue, était assis sur une chaise près de la porte de sa maison, en compagnie de son gigantesque chien noir. Malgré son apparence, Tiano était très doux et n'aurait pas fait de mal à une mouche. Mais cela, Don Sebastián le gardait pour lui et quelques intimes.

— Bonsoir, don Sebastián, le salua Amparo.

— Bonsoir, ma petite Amparo, répondit l'homme.

Il avait quelques années de moins que grand-père Mariano et vivait seul depuis aussi longtemps qu'Amparo s'en souvenait.

Tiano, couché aux pieds de son maître, alla saluer la jeune fille qui le grattouilla généreusement derrières les oreilles. Le chien aboya et quelques promeneurs sursautèrent avant de s'éloigner précipitamment, effrayés.

Don Sebastián ricana :

— Ils y réfléchiront à deux fois avant de remettre les pieds par ici.

Amparo grattouilla une dernière fois le chien derrière les oreilles et planta un baiser sur son museau soyeux.

— À plus tard, mon beau. Au revoir, don Sebastián.

— Au revoir, ma mignonne.

Elle passa devant l'habituel mendiant assoupi à quelques pas de la porte de son voisin et avança rapidement dans la ruelle. À une vingtaine de mètres de là s'élevait le clocher de l'église Saint-Barthélemy, massif et carré. Un petit groupe d'ivrognes était rassemblé à ses pieds et Amparo passa devant eux. Au même moment, le gardien de l'immeuble situé en face du clocher, l'un de ces bâtiments aux portes en bois poli et aux balcons en fer forgé, sortait, un balai à la main.

— Ouste ! Partez d'ici, mendiants ! leur ordonna-t-il.

Amparo s'éloigna à la hâte pour éviter la dispute qui s'annonçait. Elle dépassa le clocher et poursuivit jusqu'à l'intersection avec la calle Caballeros, pleine de vie et de lumières. De la musique, des rires et des effluves alléchants s'échappaient des tavernes. Elle réprima la morsure de la faim et continua à marcher en se remémorant ce qu'elle avait vu ce jour-là, en survolant la foire.

De nombreuses attractions étaient fermées, mais d'autres, comme le Palais des glaces ou le Labyrinthe hanté, ne l'étaient pas. Amparo s'était postée tout près, examinant avec curiosité l'expression des gens qui sortaient de ces lieux : un mélange de peur, de plaisir et de regret, peut-être d'avoir investi de l'argent et des espoirs dans quelque chose d'aussi éphémère qu'une émotion.

Au bout de la calle Caballeros, elle commença à apercevoir la cathédrale dont le parvis était comble. Tous étaient venus admirer la statue en bois de la Vierge à l'Enfant qui, d'ici quelques jours, serait couverte de fleurs à l'occasion des Fallas, la fête traditionnelle de toute la communauté valencienne. Amparo adorait cette fête, non seulement pour les feux d'artifice, les pétards, les lumières et les décorations, mais surtout pour les grandes et spectaculaires sculptures en bois qu'on installerait un peu partout dans la ville avant de les brûler dans la nuit du 19 mars.

Toutes, à l'exception des gagnantes.

Cette année-là, grand-père Mariano avait été chargé par la commission des fallas de son quartier de contribuer à la réalisation de la falla du barrio del Carmen, et Amparo espérait de tout son cœur qu'il remporterait l'un des prix.

— Regardez qui voilà !

— Comme elle est pâle !

— Bien sûr. Elle est toujours enfermée chez elle à s'occuper de ses petites affaires. Nous ne sommes plus dignes de son amitié. Sale pimbêche !

Malgré le chaos qui tourbillonnait autour d'elle, Amparo distinguait parfaitement les voix d'Emilia, de Renata et de Mireia. Elles se trouvaient derrière elle, il lui aurait suffi de se retourner pour se retrouver face à face avec les trois filles et les affronter.

Mais elle choisit de ne pas le faire.

À leur place, elle aurait pensé la même chose. Si l'une de ses amies avait cessé de répondre à sa porte, elle aussi l'aurait prise pour une pimbêche, ou même pire.

L'histoire colportée par son grand-père Mariano, selon laquelle sa petite-fille avait développé une étrange forme d'allergie au soleil, avait été acceptée par les adultes qui admiraient trop le vieil homme et son travail pour remettre ses paroles en question. Mais les plus jeunes, eux…

Amparo redressa la tête et le dos, pressant le pas pour s'éloigner de ses anciennes amies. Elle dépassa un petit groupe d'étrangers parlant une langue incompréhensible et s'engagea dans une jungle d'étals.

Une diseuse de bonne aventure, assise derrière son étal drapé de violet, essaya d'attirer son attention.

— Belle demoiselle, veux-tu que je te prédise l'avenir ? lui lança-t-elle.

La jeune fille secoua la tête. Pourtant, la femme semblait tout de même déterminée à lui offrir ses services. Elle mélangea les cartes de ses doigts aux ongles laqués de rouge, puis en tira trois sans les lui montrer.

— Ah, murmura-t-elle en haussant les sourcils. Très intéressant.

Malgré elle, Amparo ralentit, et la voyante, avec habileté, lança son deuxième appât.

— Un secret. Un retour. Une vengeance, déclara-t-elle. Tu ne veux pas en savoir plus ?

La jeune fille haussa les épaules et, après un sourire fugace, reprit son chemin. Elle avait grandi en écoutant les mille voix du barrio del Carmen : les appels des vendeurs ambulants de horchata, les bavardages animés des femmes revenant du marché, les cris aigus des enfants, les murmures étouffés des religieuses, les tons mielleux des charlatans et ceux, plus veloutés, des voyantes, cartomanciennes et devineresses. Ces dernières faisaient toujours allusion aux mêmes choses : des amours inaccessibles, des mystères insondables, d'obscurs ennemis. Amparo savait qu'elles n'étaient que des vendeuses d'illusions, des femmes dont le véritable art était de profiter de la peur et du manque d'assurance des gens.

Pourtant, alors qu'elle s'éloignait et se fondait parmi la foule de la place, le dos droit et la tête bien haute, elle ressentit un fourmillement sur la nuque. Une sorte de démangeaison, comme si la main invisible du destin tentait de lui dire que les paroles de la cartomancienne étaient plus que de simples boniments.

CHAPITRE 2

Le coucher de soleil la prit par surprise.

Lorsqu'elle sentit le fourmillement familier dans ses ailes, il était trop tard.

Elle tenta de s'élever à la recherche d'un endroit isolé, mais le corps léger couvert de plumes du faucon cédait déjà la place à celui, lourd et disgracieux, de l'être humain.

Amparo se débattit, tentant de s'accrocher quelque part tandis qu'elle glissait le long de la toile du chapiteau. En vain.

Ses serres acérées et recourbées avaient disparu, remplacées par des ongles courts et lisses.

Elle dégringola au sol avec une culbute involontaire et atterrit sur le côté.

— Ah ! s'exclama-t-elle, hébétée, désemparée et… profondément irritée contre elle-même.

Comment avait-elle pu être aussi imprudente ? Comment avait-elle pu enfreindre la seule véritable règle imposée par grand-père Mariano ? Une règle qu'elle aussi, malgré son insouciance et sa curiosité d'enfant de douze ans, savait essentielle pour sa survie.

« Mais ce que j'ai vu… » pensa-t-elle.

Les spectateurs étaient peut-être convaincus qu'ils venaient d'assister à un incroyable tour de passe-passe. Peut-être croyaient-ils que le garçon avait disparu sous une trappe ou derrière un miroir.

Amparo, elle, connaissait la vérité : le garçon et la panthère qu'elle venait de voir sous ce chapiteau ne faisaient qu'un.

Tout comme elle et le faucon.

Et il y avait plus. Bien plus. La panthère avait réveillé en elle des souvenirs, des images et de confuses sensations : le feu, la chaleur, l'odeur du bois brûlé…

« J'y penserai plus tard », se sermonna-t-elle en se relevant. « Je dois d'abord trouver des vêtements et partir d'ici . »

Malgré les apparences, la chance ne l'avait pas complètement abandonnée. Elle était tombée dans l'espace étroit entre deux chapiteaux, Le Repaire de la Magie d'un côté – d'où provenaient des cris et des applaudissements – et une tente plus petite et silencieuse de l'autre.

« Pourvu qu'il n'y ait personne. »

Amparo tâta l'étoffe à la recherche d'une entrée, mais la toile semblait parfaitement accrochée au sol par d'énormes clous en bois.

Alors que la perspective de passer la nuit entière dehors se concrétisait, elle remarqua enfin un clou dont la tête était soulevée de quelques millimètres. Pleine d'espoir, elle l'attrapa et commença à tirer, sans se soucier des échardes qui lui piquaient les mains.

Finalement, Amparo parvint à l'arracher et, réconfortée, se réfugia sous la tente. L'intérieur était sombre et silencieux, et il y flottait une odeur de poussière, de vieux cuir et de rouille.

« Ce doit être là qu'ils entreposent leur matériel », se dit-elle en examinant les lieux. « Il y a sûrement des vêtements quelque part. Ou une couverture. »

Au début, cependant, elle ne vit rien qui puisse lui être utile, à cause de l'obscurité, mais surtout en raison du chaos absolu qui régnait là-dedans. Des décors de théâtre démontés y étaient empilés tant bien que mal avec des roues de chariots dont la peinture s'écaillait, des cages contenant des oiseaux empaillés dont la vue la fit frémir, des poupées de papier mâché et des marionnettes aux bras cassés, victimes muettes du caprice d'un enfant. Des piles de caisses et de boîtes s'élevaient du sol comme des tours de morceaux de sucre, audacieuses et fragiles.

Amparo déambula silencieusement dans cette cathédrale de poussière en essayant de ne rien heurter.

Après quelques minutes, elle repéra un portant à vêtements caché derrière un chariot recouvert de miroirs. Soulagée, elle commença à passer les habits en revue, à la recherche de quelque chose à sa taille.

Il n'y avait là que des costumes d'homme : de longs manteaux de brocart, de lourdes vestes aux couleurs criardes, des pantalons larges à pompons. Rien qui puisse convenir à une fille aussi menue qu'elle.

Puis elle remarqua une étoffe à rayures noires et blanches et tira dessus. Elle se retrouva avec un pantalon étroit aux boutons dorés entre les mains.

« Il doit appartenir à un enfant », pensa-t-elle tout en l'enfilant.

Il lui arrivait à peine à mi-mollet, mais peu importait. Elle fouilla encore, espérant dénicher un chemisier ou un corsage : tout ce qu'elle trouva fut un long gilet noir à brandebourgs. Elle le passa et le serra à la taille avec une large ceinture rouge enlevée à un pantalon de velours.

Sa tenue était ridicule, mais au moins, elle était couverte !

Elle regagna la sortie et écarta prudemment la toile de tente, pour se retrouver à observer le flot de visiteurs qui déferlait sur l'avenue principale de la foire. Elle soupira de soulagement : personne ne la remarquerait. On la prendrait tout au plus pour une saltimbanque.

Amparo quitta sa cachette et s'engagea sur l'avenue. Elle zigzagua entre les couples bien habillés suivis de leurs bambins, surveillés par les inévitables nounous, et des personnes plus modestes qui se promenaient le nez en l'air, fascinées par tant de lumières et de merveilles. Des nuées d'enfants bruyants couraient de-ci de-là, et entre les attractions, dans les recoins sombres, des pickpockets attendaient leur prochaine victime.

La jeune fille franchit la grande arche lumineuse qui marquait l'entrée de la foire et pénétra dans le Cabanyal, le pas vif et la tête basse, impatiente de rentrer chez elle.

Un omnibus tiré par des chevaux passa près d'elle dans un bruit de ferraille et elle se demanda si on la laisserait monter sans billet. La réponse lui parvint un instant plus tard, lorsque le contrôleur expulsa quelqu'un du véhicule en marche.

Le passager clandestin, un enfant aux pieds nus, roula à terre, mais se releva aussitôt. Il brandit le poing en direction de l'homme, l'accablant d'insultes et accompagnant ses mots d'un geste vulgaire qui fit pousser une exclamation à Amparo.

— Qu'est-ce qu'il y a ? Tu viens de t'échapper du couvent ? lui lança le garçon, moqueur.

Il était sec comme un manche à balai et fronçait les sourcils sous ses cheveux ébouriffés. Il ressemblait à ces chats galeux qui erraient dans le barrio del Carmen, aussi maigre que coriace, avec l'air farouche de celui qui n'a peur de rien ni de personne.

À ce moment, Amparo l'envia.

Mais l'inconnu ne dut pas percevoir l'admiration de la jeune fille, car il lança un chapelet d'insultes du même acabit que son geste vulgaire, avant de disparaître dans les ruelles du Cabanyal, aussi rapide qu'un félin à l'affût.

Un peu déconcertée par cette rencontre, elle resta immobile un instant.

Puis des cris derrière elle la firent sursauter et elle se remit rapidement en marche.

Devant les tavernes, de petits groupes d'ivrognes ricanaient grossièrement et des escrocs rusés tentaient de les embobiner en leur proposant de jouer au bonneteau.

Amparo passa devant un étal de fortune où un homme déplaçait à toute vitesse des coquilles de noix devant l'assistance aux yeux embués par l'alcool.

Au bout de la longue rue, elle déboucha sur une petite place carrée éclairée par un lampadaire solitaire à la flamme vacillante.

Trois garçons traînaient là.

Elle se figea, flairant aussitôt le danger. Trop tard : ils la pointaient déjà du doigt en se donnant des coups de coude.

Amparo savait qu'il était inutile de fuir, au contraire : cela ferait d'elle une proie toute désignée.

Elle redressa donc les épaules et poursuivit sa route, coupant à travers la place.

Les garçons ricanèrent sur son passage.

— Regardez-moi le microbe qui arrive, commenta le plus grand.

— C'est un garçon ou une fille ? demanda le deuxième, plus petit et trapu.

Le troisième, qui compensait son manque de prestance physique par un air malin, se contenta de ricaner.

Amparo les ignora, s'efforçant de cacher la peur qu'elle éprouvait.

— Hé, toi ! Arrête ! crièrent-ils derrière elle.

Elle continua son chemin, et un coup l'atteignit juste entre ses omoplates.

Elle étouffa une exclamation lorsque la bouteille qu'ils lui avaient lancée s'écrasa sur le sol dans une explosion de verre.

Elle se retourna, furieuse, tandis que les trois garçons allaient à sa rencontre.

— Ici, c'est notre quartier, déclara le plus grand des trois, qui semblait aussi être le chef. Tu dois payer le péage.

— Vide tes poches, intima le plus petit. Sinon, on le fera pour toi.

— Je n'ai rien, répondit Amparo. Et même si j'avais de l'argent, je ne vous le donnerais pas.

Tous trois éclatèrent de rire.

— C'est que t'as la langue bien pendue, dit celui qui avait l'air malin.

Il fit jaillir un couteau de sa manche crasseuse.

— Viens ici, je vais te la raccourcir… Aïe !

Il s'effondra à genoux, gémissant de douleur.

Le petit garçon maigre et vulgaire qui avait été jeté hors de l'omnibus quelques instants plus tôt venait d'émerger derrière lui.

— Sale vermine, maugréa l'autre. Tu vas voir…

Mais le nouveau venu ne perdit pas de temps : il lui assena un nouveau coup de bâton et, quand les deux autres tentèrent de l'attraper, flanqua un coup de pied dans les tibias du premier et mordit la main du deuxième.

— Aaah ! hurla ce dernier, cherchant à le faire lâcher prise.

Mais le garçon tint bon, jusqu'à ce que sa victime le supplie.

— Arrête… arrête… tu vas me l'arracher !

Le gamin desserra les dents.

— Tu devrais te laver plus souvent, Gonzalo. Tu sens les fesses !

Puis il fit tournoyer son bâton au-dessus de sa tête.

— Fichez le camp si vous ne voulez pas que je vous fasse mordre la poussière ! Ce soir, je me sens plutôt en forme !

Les trois garçons reculèrent.

— T'es mort, Pepe, menaça le plus grand.

Pepe lui cracha dessus, le touchant au genou.

— T'es qu'un chien galeux, Cayetano ! Pas capables de m'avoir à trois contre un ! Allez, dégagez !

Et, à la stupéfaction d'Amparo, les trois garçons prirent la poudre d'escampette.

— Sales lâches, marmonna Pepe en secouant la tête. Pauvres types dégoûtants…

Amparo s'éclaircit la gorge et son improbable sauveur se tourna vers elle.

— Qu'est-ce que tu fais encore là ? Tu attends qu'ils reviennent ? Te promener seule à cette heure… Tu n'es pas très maligne, hein…

Amparo se sentit piquée au vif. Pourtant, en y réfléchissant bien, elle ne pouvait pas vraiment donner tort à…

— Pepe ? C'est ton nom ?

— Rien ne t'échappe, hein ? dit-il pour la taquiner. Oui, je m'appelle Pepe. Et toi, tu es… ?

— Amparo.

— Mmm.

Il la détailla des pieds à la tête et reprit :

— Tu es la fille de tout à l'heure… Tu travailles à la foire ?

— Non. J'étais sortie pour voir les attractions et je n'ai pas vu le temps passer.

Pepe se gratta un tibia de son pied nu. Ses vêtements en lambeaux laissaient entrevoir un corps très maigre, presque émacié, bruni par le soleil et la saleté.

— C'est vrai que je ne t'ai jamais rencontrée par ici, commenta-t-il. De toute façon, il ne faut pas croire cet idiot de Cayetano : ce n'est pas son quartier, c'est le mien : c'est moi, le roi du Cabanyal.

— Vraiment ? laissa échapper Amparo.

— Bien sûr, répondit Pepe d'un air grave. Ma famille a une boutique très connue, tu sais ? Ils vendent un tas de bonnes choses… Les clients viennent de toute la ville. Viens y faire un saut, un jour. Mais attention à ce que ce ne soit pas mon frère Kike derrière le comptoir. Celui-là, dès qu'il voit une fille comme toi, il la chasse sans ménagement.

— Une fille comme moi ?

— Une orpheline, précisa Pepe. Tu es mal habillée et tu te promènes toute seule dans le Cabanyal à la nuit tombée. Ça veut bien dire que personne ne t'attend à la maison.

— Pourtant, si ! répliqua Amparo. Mon grand-père.

— Et tes parents ?

— Ils sont morts.

Pepe sourit.

— Tu vois ? J'avais raison. Tu es orpheline.

Elle se renfrogna.

— Et toi, tu n'es pas très gentil.

Le garçon haussa les épaules.

— C'est le monde qui n'est pas gentil, pas moi. Alors, il n'y a que toi et ton grand-père à la maison ?

Amparo acquiesça.

— Tu dois t'ennuyer. Nous, nous sommes neuf. Mon père et mes frères : Kike, Bartomeu, Nofrem, Geroni, Pere, Guillem, Alonso et moi, le plus jeune. Mais aussi le plus intelligent.

« Et le plus bavard », pensa Amparo.

— Et ta mère ? demanda-t-elle.

— Morte. Il y a bien longtemps. Je ne me souviens même pas d'elle.

Pepe indiqua sa chemise élimée avec un sourire, découvrant des dents d'une blancheur surprenante.

— Ça, c'était à Kike quand il avait mon âge. Alors elle date de…

Il sembla se creuser la cervelle, perdu dans ses calculs.

— 1897, termina-t-il enfin. Tu te rends compte ? Elle est du siècle dernier !

Cela l'amusa au plus haut point et il éclata de rire. Si l'apparence du gamin faisait penser à un chat mal nourri, son rire évoquait le braiment d'une mule. Amparo ne put s'empêcher de sourire.

— Bon, reprit Pepe. Maintenant, je dois y aller : j'ai un tas de choses à faire, cette nuit.

Il adressa un regard hésitant à la jeune fille et ajouta :

— Tu arriveras à rentrer chez toi en un seul morceau ?

Elle acquiesça, plus par fierté que par conviction.

Pepe fit claquer sa langue en guise de salut, puis s'éloigna et se fondit dans l'obscurité du Cabanyal.

CHAPITRE 3

Lorsque Amparo rentra chez elle, elle trouva Mariano qui l'attendait dans la cuisine à la lueur des bougies, l'air grave et la pipe à la bouche. Elle referma doucement la porte et le fixa en silence.

— Je n'ai pas l'intention de crier ni de te punir parce que tu sais au fond de toi à quel point ce que tu as fait est dangereux, commença Mariano,.

Amparo acquiesça. Elle se sentait coupable, et l'attitude calme de son grand-père ne faisait que renforcer sa honte. Toutefois, même s'il avait raison…

— Je veux que tu me parles de mes parents, explosa-t-elle. Tu ne veux jamais parler d'eux, mais j'ai besoin que tu me racontes.

Mariano resta impassible.

— Je t'ai dit tout ce qu'il faut savoir, Amparo. Ils sont morts lorsque tu étais toute petite, en…

—... mer, je sais, conclut-elle à la hâte. Mais est-ce vraiment ce qui s'est passé ? Est-ce qu'ils se sont véritablement noyés ?

Mariano fronça les sourcils.

— Pourquoi ces doutes ?

De sa pipe, il indiqua l'accoutrement de la jeune fille.

— Cela a-t-il un rapport avec ta promenade nocturne à la foire ?

Amparo haussa les épaules.

— C'est juste que tu ne me parles jamais d'eux.

— Je ne te parle jamais d'eux parce qu'il n'y a pas grand-chose à dire…

La jeune fille ouvrit la bouche pour protester, mais Mariano ne lui en laissa pas le temps :

— … sauf qu'ils t'aimaient énormément.

Amparo décida de ne pas insister, parce qu'elle était certaine que son grand-père ne lui raconterait rien de plus. En outre, elle n'était pas prête à partager avec lui ce qu'elle avait vu à la foire, sans parler des images confuses – le feu, la fumée – que la rencontre avec le garçon-panthère avait éveillées en elle.

— Tout le monde a des secrets, reconnut-elle. Et moi, je devrais le savoir mieux que quiconque.

— Amparo ? dit son grand-père. Ça va aller ?

Elle acquiesça en se dirigeant vers l'escalier.

— Oui, ne t'inquiète pas. Bonne nuit.

— Bonne nuit.

Amparo sentit le regard de son grand-père la suivre comme son ombre. Elle monta les marches en retenant son souffle, craignant qu'il ne change d'avis et lui interdise de sortir à la nuit tombée ou qu'il ne veuille en savoir davantage sur sa promenade. Toutefois, Mariano ne fit rien de tout cela, et lorsque Amparo se retrouva dans la solitude de sa chambre, elle s'accorda un long soupir de soulagement.

Elle s'allongea sur son lit et ferma les yeux. Elle n'arrivait pas à comprendre ce qui la troublait le plus : avoir découvert l'existence de quelqu'un comme elle ou le fait que cette rencontre inattendue réveille en elle des souvenirs qu'elle ignorait posséder.

« Le feu et la fumée… »

Elle était certaine de ne s'être jamais retrouvée au milieu d'un incendie. Du moins, pas depuis qu'elle habitait avec grand-père Mariano qui, en tant que menuisier, craignait le feu plus que tout.

Alors d'où provenaient ces images confuses ? De ses premières années de vie, lorsqu'elle vivait encore avec ses parents ? Était-ce possible qu'elles soient liées à ce garçon ? Pourtant, elle était sûre de ne jamais l'avoir vu auparavant…

Amparo savait qu'il n'y avait qu'un seul moyen de le découvrir : lui parler.

Mais si le garçon partageait un tant soit peu la méfiance qu'elle éprouvait envers les inconnus et la jalousie avec laquelle elle gardait son secret, ce ne serait pas facile.

Mariano poussa lentement la porte entrouverte d'Amparo et entra dans sa chambre d'un pas prudent.

— Je vais dîner à la taverne de doña Consuelo. Tu viens avec moi ?

Amparo, assise à son bureau, secoua la tête.

— J'ai déjà mangé.

— Tu es sûre ?

Elle leva ses yeux de la feuille de papier et sourit à son grand-père. À la lumière vacillante de la lampe à huile, le visage du vieil homme semblait las et mangé par les rides. Amparo ne put s'empêcher de se sentir coupable de l'avoir inquiété, la veille.

« Une raison de plus pour ne rien lui raconter. »

— Oui, j'en suis sûre, répondit-elle avec conviction.

Mariano étira ses lèvres sous sa barbe grise et il étouffa ses doutes en tirant sur sa pipe.

— Très bien. À plus tard.

Une fois son grand-père parti, Amparo se concentra à nouveau sur la lettre. Elle savait parfaitement ce qu'elle voulait dire, mais elle n'était pas certaine de la façon de faire. La dernière chose qu'elle souhaitait, c'était que le garçon-panthère, Tomás, prenne peur ou se sente menacé. Pourtant, elle devait lui donner une raison de sortir à découvert et de la rencontrer.

Finalement, elle décida d'écrire simplement l'heure et le lieu du rendez-vous. Elle attendit que l'encre sèche puis ajouta une dernière phrase :

Je m'appelle Plume.

Elle glissa la feuille dans une enveloppe, ôta le verre de la lampe et fit chauffer un bloc de cire à cacheter au-dessus de la flamme. Puis ferma l'enveloppe. Enfin, avant de sceller cette dernière, elle prit la plume blanche près de l'encrier. C'était une plume qu'elle avait justement perdue cette nuit-là. Elle la glissa à l'intérieur, pressa la cire sur l'enveloppe, puis souffla dessus pour la faire sécher plus vite.

Enfin, elle retourna la missive et écrivit dans un coin : Pour Griffe.

« Il comprendra », pensa-t-elle en se levant.

Elle cacha la lettre dans la poche de sa robe, descendit l'escalier et enfila la cape qu'elle avait laissée près de la cheminée. Elle s'assura que toutes les fenêtres étaient bien fermées – ces derniers temps, il y avait eu plusieurs cambriolages dans le barrio – et sortit de chez elle en tirant derrière elle la lourde porte de bois.

Sur le seuil, elle hésita un instant, pensive. Elle devait bien sûr retourner dans le Cabanyal pour déposer son message, mais elle courait le risque d'être attaquée par Cayetano et ses sbires, ou par d'autres vauriens de leur espèce.

— Wouffff !

Tiano, couché aux pieds de son maître, se leva, rejoignit la jeune fille à toutes pattes et frotta sa tête contre ses jambes. Amparo le grattouilla derrière les oreilles et le chien jappa de plaisir. Amparo eut alors une idée.

— Don Sebastián, ça ne vous ennuie pas si j'emmène Tiano en promenade ?

L'homme, assis sur son habituelle chaise de paille et de bois, agita la main d'un air bienveillant.

— Mais non, je t'en prie. La pauvre bête, je n'ai plus l'âge de faire de longues promenades sur la plage comme autrefois.

— Viens, mon beau ! appela Amparo, et le chien, tout content, la suivit en remuant la queue.

Avec Tiano à ses côtés, personne n'osa l'approcher ni même l'embêter. L'imposant molosse, avec son pelage noir et ses yeux orangés, avait l'air d'une créature sortie de l'enfer pour semer la terreur à l'occasion des Fallas.

Le chien et la fille traversèrent la ville en coupant par le centre – l'élégante plaza de la Reina, la spectaculaire plaza del Ayuntamiento, l'ample et arborée Gran Vía del Marqués del Turia – jusqu'à traverser les eaux sombres du fleuve.

— Allons, Tiano, l'encouragea Amparo. Ce ne sera plus très long.

Mais le chien ne semblait pas du tout troublé par la longueur du trajet, au contraire. Il trottinait joyeusement aux côtés de sa nouvelle maîtresse, s'arrêtant de temps à autre pour renifler quelques lampadaires et, le cas échéant, laisser une trace de son passage.

Amparo et Tiano remontèrent le fleuve sur quelques centaines de mètres jusqu'au puente del Mar, le pont massif et imposant, sillonné par les tramways de nuit, les fiacres et les piétons.

— Tiano, reste près de moi, lui ordonna Amparo en posant une main sur son dos.

Ils marchèrent en rasant la balustrade de pierre pour éviter de se faire renverser par les véhicules en mouvement.

Lorsqu'ils atteignirent enfin le Cabanyal, le ciel était comme un manteau de velours noir, éclairé de temps à autre par des éclats de lumière en provenance de la foire. Ils passèrent sous la grande arche lumineuse qui les séparaient des attractions.

Craignant que le chien ne se perde, Amparo glissa deux doigts sous son collier pour le garder près d'elle.

— Par ici ! dit-elle en poussant l'animal vers le majestueux chapiteau bleu et or du Repaire de la Magie.

D'un pas vif et résolu, la jeune fille se dirigea vers l'arrière de la grande tente. C'est là que se trouvaient les roulottes de tous ceux qui travaillaient sur la foire, des artistes aux couturières, en passant par les décorateurs. L'endroit était désert, et la plupart des roulottes sombres et silencieuses. L'une des seules à être éclairée était celle où, ce jour-là, Amparo avait vu Tomás au chevet d'une femme qu'il avait appelée Manuela. Elle se demanda de quel mal elle souffrait et si c'était grave.

La roulotte de Tomás se trouvait là, un peu plus petite que les autres. Mais sur le côté, majestueuse et spectaculaire, était peinte une magnifique panthère noire aux yeux verts.

Tiano suivit docilement Amparo jusqu'à la roulotte. Elle remarqua que le chien était maintenant sur le qui-vive : queue dressée, oreilles tendues, mouvement nerveux de la tête.

— Tout va bien, Tiano, le rassura-t-elle.

Amparo grimpa la petite échelle de bois qui menait à l'entrée de la roulotte et ouvrit prudemment la porte qui grinça sur ses gonds. Il fallait être rapide ; elle repéra la couchette de Tomás, s'en approcha et glissa l'enveloppe sous son oreiller.

En voyant la myriade de feuilles accrochées aux murs, elle ne put s'empêcher de s'arrêter pour les examiner malgré le risque d'être surprise.

« Ce garçon est un véritable artiste », pensa-t-elle devant les portraits magnifiquement réalisés. Ils étaient si riches et si détaillés que, si les personnes dessinées lui avaient adressé la parole, elle n'aurait pas été surprise.

On avait visiblement mis beaucoup de soin à réaliser ces portraits. Autant qu'elle-même en mettait dans les esquisses qui lui servaient à préparer ses sculptures de bois

Des bruits à l'extérieur détournèrent son attention. Elle se précipita au-dehors, referma la porte et descendit les marches.

« J'ai réussi », pensa-t-elle avec satisfaction. « Il ne me reste qu'à espérer que Tomás veuille bien me rencontrer… »

— Allons-y, Tiano.

Amparo commença à s'éloigner. Mais le grand chien noir, lui, refusait de bouger et se mit à grogner.

—Tiano, viens ! murmura-t-elle nerveusement. Il n'y a personne ici !

Pourtant, elle savait bien que les animaux flairent le danger, qu'ils se trompent rarement.

À ce moment-là, une ombre apparut entre deux roulottes.

— On m'avait bien dit que tu te promenais avec la bête du diable !

Pepe émergea de l'obscurité avec un petit sourire.

— Tu m'as suivie ? s'écria Amparo.

— Rappelle-toi, je suis le roi du Cabanyal, répondit-il. Rien ne m'échappe… Est-ce qu'il mord ?

Amparo regarda Tiano qui, jugeant que Pepe n'était pas une menace pour la jeune fille, avait abandonné son attitude hostile et remuait à présent joyeusement la queue.

— Non.

— Heureusement, commenta le garçon en s'approchant du chien. De toute façon, il n'aurait pas grand-chose à manger sur ma carcasse. Viens ici, mon beau. Viens te faire grattouiller.

Pepe caressa vigoureusement Tiano et le chien répondit avec tant d'enthousiasme qu'il le fit tomber.

— Tu es vraiment un petit démon, toi, hein ? dit-il en se relevant avec agilité.

Il avait vraisemblablement l'habitude des chutes.

— Alors, poursuivit-il en s'adressant à Amparo. Qu'est-ce que tu fais par ici ?

Elle haussa les épaules.

— Rien du tout.

— Tu n'as pas traversé la moitié de la ville à pied, de nuit, avec ce molosse près de toi pour faire « rien », répliqua Pepe. en indiquant la roulotte de Tomás. Est-ce que ça a quelque chose à voir avec ça ?

— Non, mentit Amparo, avant de s'éloigner en compagnie de Tiano.

— Je finirai par le découvrir, tu sais ? insista Pepe en la talonnant. Autant que tu me le dises.

Amparo l'ignora et rejoignit l'avenue principale de la foire, espérant qu'au milieu de la cohue Pepe renoncerait à la suivre. Mais le garçon était tenace et il ne la quitta pas d'une semelle.

— Tu avais quelque chose à la main quand tu es entrée dans cette roulotte, observa-t-il. C'était quoi ?

— Rien. Tiano, reste près de moi.

Le chien colla son museau sur le flanc de la jeune fille qui lui passa un bras autour du cou.

— Allez, ne m'oblige pas à te supplier. Tu n'es pas très…, reprit Pepe, mais il ne put terminer sa phrase, car Amparo, dans un accès de colère, le poussa violemment.

— Laisse-moi tranquille !

— Hé ! s'exclama Pepe, surpris par son geste.

Il se frotta le bras en regardant Amparo d'un air menaçant. Tiano prêta main-forte à la jeune fille en grognant contre le roi du Cabanyal, même s'ils avaient sympathisé quelques instants plus tôt.

— Toi et moi, on n'en a pas fini, marmonna le garçon avant de se volatiliser au milieu de la foule.

Amparo resta immobile quelques instants, se sentant à la fois coupable et soulagée. Ce n'était pas pour rien qu'elle avait coupé les ponts avec ses anciennes amies depuis qu'elle avait découvert ce qu'elle était. Elle préférait repousser les autres avant que les autres ne la repoussent, car elle était certaine que s'ils découvraient son secret, ils n'auraient plus envie de la voir.

« Et ce Pepe est comme tous les autres », se dit-elle.

Elle attrapa Tiano par son collier et prit résolument le chemin de la maison, laissant la foire derrière elle.

CHAPITRE 4

Une journée s'était écoulée depuis qu'Amparo avait laissé la lettre dans la roulotte de Tomás. Une journée faite de doutes et de tourments. Enfin, le moment tant attendu était arrivé : elle allait savoir si ce garçon acceptait de la rencontrer.

Le lieu du rendez-vous se trouvait non loin de la foire, dans une zone inoccupée qui n'appartenait ni à la plage ni à la campagne, une étendue de terre aride uniquement peuplée d'animaux errants et de mouettes de passage.

Nerveuse comme elle l'était, Amparo n'avait pratiquement pas fermé l'œil de la nuit et s'était levée bien trop en avance. Elle s'habilla dans l'obscurité, en silence et l'oreille aux aguets. Mais le seul bruit qui lui parvenait était le ronflement rythmé et profond de son grand-père qui se répandait dans la maison comme le souffle d'un géant.

La jeune fille descendit l'escalier d'un pas léger, enfila sa cape et vérifia qu'elle avait tout ce qu'il lui fallait dans les poches. Elle laissa un mot à grand-père Mariano sur la table de la cuisine pour le prévenir qu'elle serait de retour après le petit déjeuner. Puis elle sortit.

Les fenêtres de don Sebastián étaient sombres, et Amparo imagina le vieil homme dormant paisiblement dans son lit, veillé par le fidèle Tiano. D'un pas vif et résolu, elle s'engagea dans la ruelle, passant devant l'habituel mendiant. Celui-ci marmonna quelques mots, puis se remit à dormir, enveloppé de son manteau élimé.

Bien que l'aube n'ait pas encore pointé le bout de son nez, le barrio était déjà animé par le va-et-vient des livreurs de pain, des servantes portant des bouteilles de lait frais, des artisans qui se rendaient à leur boutique et de quelques noceurs qui rentraient d'une nuit de fête.

En quelques minutes, Amparo se retrouva sur la plaza de la Reina encore endormie à l'ombre de la cathédrale, et se dirigea vers une rangée de voitures de louage.

— Señor, pourriez-vous me conduire au Cabanyal ? demanda-t-elle à l'un des cochers.

Celui-ci, un homme longiligne enveloppé dans un lourd manteau de drap, était occupé à savourer son petit déjeuner, assis sur son siège. Il soupira en baissant les yeux vers elle.

— Et qu'est-ce qu'une gamine comme toi irait faire au Cabanyal ? Retourne donc au lit et laisse-moi manger en paix.

— Mais…

— Moi, je veux bien t'emmener au Cabanyal, intervint le cocher de la voiture d'à côté, un jeune homme au visage fatigué et à l'expression bienveillante. J'en ai fini pour la nuit et je rentre chez moi auprès de ma femme et de mon fils. Je peux t'emmener jusqu'au début de la playa de la Malvarrosa, ça te va ?

— C'est parfait, répondit Amparo, soulagée. C'est justement là que je dois aller.

— Et tu n'as rien à y faire, marmonna le premier cocher en haussant les épaules. À mon avis, tu devrais retourner te coucher.

Amparo l'ignora et monta à bord du fiacre que le jeune homme mit en branle d'un claquement de fouet. Le voyage lui coûterait toutes ses économies, mais retourner au Cabanyal à pied sans Tiano aurait été imprudent. Et puis, de cette manière, elle ne risquait pas d'être en retard et d'arriver au rendez-vous après l'aube, chose qu'elle ne pouvait se permettre.

La voiture quitta les rues étroites du centre, traversa le fleuve et s'engagea sur la longue rue bordée d'arbres qui reliait la cité au port et à la plage. Au loin, la jeune fille aperçut la silhouette sombre de la foire et, au-delà, les lumières floues du port, rythmées par les mâts des navires qui oscillaient sur la mer.

— Nous y voilà, mademoiselle.

La voix du cocher lui parut lointaine et brumeuse tandis que les chevaux s'arrêtaient à quelques mètres du sable.

Amparo ouvrit la porte du fiacre et sauta par terre, soulevant un nuage de poussière.

Elle glissa une main dans la poche de sa cape et en sortit des pièces.

— Voici votre argent, señor.

Le cocher secoua la tête.

— Garde-le pour le voyage de retour. Et sois prudente, d'accord ?

Elle acquiesça et le remercia chaleureusement.

Le fiacre se remit en route, cahotant sur le sol inégal, et s'éloigna vers le port. Amparo regarda en direction de la foire sombre et silencieuse, ses yeux s'attardant sur les fourrés au loin.

Un vent froid et chargé de sel s'élevait de la mer, lui ébouriffant les cheveux. Elle sentit à nouveau ce fourmillement sur sa nuque, comme une sorte d'avertissement, une tentative désespérée du destin pour l'inciter à renoncer à son projet. Mais Amparo l'ignora et se dirigea résolument vers le lieu du rendez-vous.

L'esplanade de terre aride était déserte. Au centre, solitaire et délabré, se dressait un vieil oratoire sur lequel étaient perchées quelques mouettes. Amparo resserra sa cape autour de son cou et avança vers le petit édifice, se demandant si la panthère était déjà là.

« Non. Les mouettes ne seraient pas aussi tranquilles. »

Elle atteignit l'oratoire et observa les alentours. Une traînée orangée teintait l'horizon : l'aube ne tarderait plus. Pourquoi Tomás n'était-il pas là ?

— Qui est Griffe ? lança une voix.

Amparo sursauta et découvrit une maigre silhouette qui s'approchait d'elle.

— Encore toi ! s'exclama-t-elle.

Le roi du Cabanyal s'arrêta à quelques pas d'Amparo, les mains dans les poches de son pantalon, le visage toujours couvert de poussière.

— Toi, tu es Plume, c'est évident, poursuivit Pepe. Mais je ne comprends pas qui est Griffe.

— Ce que, moi, je ne comprends pas, c'est ce que, toi, tu fais ici ! s'emporta Amparo. Tu dois t'en aller !

— Pas question, répliqua-t-il, impassible. Je veux découvrir ce que tu trafiques dans mon quartier.

— Tu as lu…

— ... le message que tu as laissé à l'intérieur de cette roulotte ? Bien sûr, dit le garçon. Très bien, fais comme tu veux, ne me dis pas qui est Griffe. Je le découvrirai de toute façon, ajouta-t-il, en s'appuyant contre l'oratoire, les bras croisés.

— Écoute-moi bien…, commença Amparo en étouffant sa colère.

Elle devait garder les idées claires. Plus tard, elle aurait l'occasion de lui dire ce qu'elle pensait du fait qu'il avait fouillé la roulotte de Tomás. Mais pour le moment, elle devait l'éloigner.

— Tu ne peux pas rester ici avec moi. C'est dangereux.

— Dangereux ? s'exclama Pepe en éclatant de rire. Et qu'est-ce qui est dangereux ? Toi ?

Soudain, un grondement retentit.

La panthère les surprit par derrière. D'abord, Amparo ne distingua que le reflet de ses yeux verts illuminés par l'éclat du soleil levant. Puis elle vit le reste : les pattes puissantes, le dos arqué, la queue sinueuse.

Pepe poussa un cri étouffé, implorant la miséricorde du Très-Haut.

— Je te l'avais dit, fit Amparo avec une pointe de satisfaction.

Pepe gardait les yeux fixés sur la panthère, à la fois horrifié et fasciné par le fauve qui se tenait si près de lui.

Amparo s'adressa à l'animal.

— Ne lui fais pas de mal, c'est un ami.

— Ne perds pas ton temps à lui parler, elle ne peut pas te comprendre, chuchota Pepe. Cherche plutôt un bâton ! Ou une pierre. Oui, une pierre fera l'affaire. Mais quelque chose de bien tranchant, pas un de ces galets lisses comme une savonnette…

Amparo l'ignora et continua de parler à la panthère :

— Il ne dira rien.

— Dire quoi ? Pourquoi est-ce que tu continues à discuter avec cette bête ? Tu es folle ? protesta Pepe.

Le soleil émergea à l'horizon et les premiers rayons frappèrent le sol aride, se déroulant à toute vitesse vers Amparo et la panthère comme des bobines d'étoffe dorée.

— Je t'en prie…, souffla la jeune fille avant que sa voix ne s'éteigne.

À ce moment précis, la panthère souffla de l'air par ses naseaux et courba le dos, tendant sa longue queue comme une flèche.

Pepe recula, désorienté et terrifié.

L'instant d'après, il se retrouva devant un garçon à l'air furieux et un élégant faucon marron et blanc.

Il laissa échapper un « Madre mía ! » étouffé et s'écroula sur le sol.

Tomás bouscula Pepe, l'attrapant par sa chemise.

— Pas un mot de ce que tu viens de voir ou tu es mort. C'est compris ?

— Mais tu… Mais elle…, balbutia Pepe, le souffle court et les yeux écarquillés. Comment… ?

Tomás le souleva du sol, lui arracha sa chemise en lambeaux et l'utilisa pour l'attacher. Pepe était tellement bouleversé qu'il n'essaya même pas de résister. Quand il l'eut immobilisé, Tomás le jeta au sol.

Puis il adressa un regard irrité au faucon qui était allé se percher sur le toit de l'oratoire après en avoir chassé les mouettes. Il ne semblait pas le moins du monde étonné par la métamorphose de la jeune fille. Au contraire, c'était comme si cette situation était seulement très contrariante pour lui, mais pas surprenante.

Tomás s'approcha du sanctuaire et glissa une main derrière la statue de la Vierge pour en retirer un paquet de vêtements. Il s'habilla à la hâte, son regard sévère allant du faucon à Pepe.

— J'imagine que ce gamin n'était pas prévu au programme, marmonna-t-il.

Puis, quand il eut enfilé pantalon et chemise, il se pencha vers les vêtements d'Amparo et fouilla dans les poches de sa cape couleur de sauge, où il trouva une enveloppe.

— Tu es prévisible, Plume, commenta-t-il.

Il l'ouvrit et lut la lettre qui s'y trouvait. Puis il leva les yeux et examina le faucon avec intensité.

— Tu te trompes, dit-il à l'oiseau.

Le rapace poussa un cri. Pepe, recroquevillé par terre, invoqua quelques saints au hasard.

Tomás secoua la tête, et la lueur orangée de l'aube para ses cheveux noirs de reflets cuivrés.

— La femme qui m'a élevé, Manuela, m'a dit qu'elle m'avait trouvé en train d'errer sur une plage de Barcelone quand j'avais quatre ans. Je n'ai rien à voir avec l'incendie de tes souvenirs. Et avec…

Tomás baissa les yeux vers la lettre d'Amparo et termina :

— … une tour en feu.

En prononçant ces dernières paroles, toutefois, sa voix se brisa, comme s'il se rappelait soudain quelque chose.

Le faucon s'agita nerveusement et poussa un second cri. Tomás resta longtemps immobile, le regard fixé sur les mots d'Amparo, tandis que le vent salé soufflait de la mer. Des aboiements retentirent dans le lointain.

— Dé… désolé, intervint Pepe. La tour en feu de vos souvenirs…

Tomás secoua la tête et l'interrompit.

— Je n'ai aucun souvenir d'une tour en feu.

— D'accord, mais elle, si, rétorqua Pepe, retrouvant un peu de son audace habituelle. Ce pourrait être la tour du domaine de Trastamara, ici à Valence…

Il s'assit, s'éclaircit la voix et ajouta :

— Elle a brûlé il y a une dizaine d'années.

Le faucon battit des ailes et quitta le toit du sanctuaire, planant dans les airs avant de se poser sur un genou plié de Pepe qui s'écria :

— Ne me crève pas les yeux !

Tomás éclata de rire.

— Un peu trouillard pour être le roi du Cabanyal, non ?

— Excuse-moi, mais j'ai plutôt l'habitude de traiter avec des délinquants, des malfrats, des voleurs et des crapules. Pas avec…

Le regard de Tomás se fit dur.

— Pas avec quoi ? Allez, dis-le. Dis ce que nous sommes.

— Je ne sais pas ce que vous êtes, répliqua Pepe. Et je ne juge pas. Mais ne te moque pas si j'ai peur. Pour l'amour du ciel, il y a cinq minutes encore, tu étais une panthère ! Et elle… c'était une fille et maintenant c'est un oiseau !

— Un faucon. C'est un faucon, précisa Tomás.

Pepe secoua la tête.

— Oui, un faucon, d'accord, murmura-t-il. Combien y a-t-il de personnes comme vous ?

— Je n'en ai aucune idée, répondit Tomás. Avant qu'elle ne m'écrive une lettre, je croyais être le seul.

— Tu n'as pas l'air content d'avoir trouvé quelqu'un comme toi, observa Pepe.

— Je devrais ?

— Ben, je ne sais pas. Je pensais…

— Je ne souhaite à personne une vie comme la mienne, coupa Tomás. Alors, non, je ne suis pas content.

Il resta silencieux quelques instants avant d'ajouter :

— Parle-moi de ce domaine de Trastamara.

— Il a brûlé il y a dix ans…

— Ça, tu l'as déjà dit. Quoi d'autre ?

— Il appartenait à une homme richissime, don Ricardo Trastamara. Il construisait des propriétés pour des gens comme lui, mais il ne traitait pas très bien ses ouvriers. On raconte que ce sont eux qui auraient mis le feu au domaine.

Tomás fronça les sourcils et l'autre s'empressa de poursuivre.

— Il avait une épouse très belle mais très rétive…

— Rétive ? Tu veux peut-être dire « chétive » ?

Pepe haussa les épaules.

— Oui, bref, elle était toujours malade. Elle n'était pas d'ici. Apparemment, don Trastamara était allé la chercher dans un pays froid au nord.

Un pli soucieux barra le front de Tomás.

— Continue, dit-il.

Pepe prit un air concentré, comme s'il sondait les profondeurs de sa propre mémoire, là où, au fil des ans, s'étaient échoués les ragots recueillis dans le quartier.

— Apparemment, cette femme ne pouvait pas avoir d'enfants, en tout cas au début, reprit le roi du Cabanyal. Mais ne me demande pas d'explication, parce que je ne sais rien de ces choses, hein. Je ne suis pas sage-femme…

— Je le vois bien. Continue, l'incita Tomás qui s'impatientait.

— Puis, un beau jour, un bébé est apparu. Les mauvaises langues ont dit que don Trastamara l'avait acheté à une famille de pauvres paysans pour l'offrir à sa femme. Tu sais, comme un chien… D'autres racontaient qu'il l'avait eu au couvent de San Ignacio. Quelques années plus tard, don Trastamara et sa femme ont eu des enfants bien à eux qui ressemblaient à leur mère : blonds aux yeux bleus.

— Et le premier enfant, comment était-il ?

Pepe ricana.

— Comment veux-tu que je le sache ? Je n'étais pas là. En tout cas, il n'était sûrement pas blond, parce que tante Suza, la couturière qui vit dans la maison à côté de la mienne, mais qui n'est pas vraiment ma tante, m'a raconté qu'elle était allée plusieurs fois au domaine pour des travaux de couture. Elle m'a parlé de lui comme du « ténébreux ».

— Le ténébreux ?

— Oui. Le ténébreux. Ça veut dire…

— Je sais ce que ça veut dire, le coupa Tomás avant de se pencher vers Pepe et de l'attraper par le bras. Maintenant, lève-toi.

Le garçon tenta de se dégager.

— Quoi ? Je ne vais nulle part avec toi !

— Ne m'oblige pas à te traîner, le menaça Tomás.

Le faucon, qui jusque-là était resté immobile, battit nerveusement des ailes.

Tomás lui adressa un regard impassible.

— Tout ça, c'est à cause de toi, Plume. Fais ce que tu veux avec ton secret, mais moi, je ne peux pas le laisser raconter le mien à tout le monde.

— Mais je ne dirai rien à personne, je le jure ! s'exclama Pepe, pris de panique. Aide-moi, chuchota-t-il au faucon. Pitié, ne le laisse pas me tuer…

— Je n'ai pas l'intention de te tuer, s'emporta Tomás. Seulement de te... neutraliser.

— Et ce n'est pas la même chose ?

— Pour l'instant, non.

Tomás souleva Pepe sans aucun ménagement et le faucon fut contraint d'abandonner son poste. Il s'éleva dans les airs, suivant Tomás et Pepe, tandis que le garçon aux cheveux noirs traînait le roi déchu du Cabanyal vers la foire endormie.

— Où m'emmènes-tu ? interrogea Pepe qui essayait de ralentir Tomás en trébuchant exprès sur ses pieds nus.

— Là où tu ne pourras pas me nuire, répliqua l'autre.

Ils entrèrent sur le champ de foire en passant par l'une des entrées latérales. Toutes les attractions et les stands étaient encore fermés, même si, quelque part, quelqu'un s'affairait avec un marteau.

— Par ici, lança Tomás en poussant Pepe entre deux structures de bois et de métal.

La première attraction était La Tanière des Monstres, avec des crânes et des os suspendus tout autour de l'entrée. La seconde était le Palais des Glaces, peint en violet, jaune et bleu, que Tomás contourna pour rejoindre l'arrière. À cet endroit se trouvait une petite porte en bois partiellement dissimulée par un tonneau.

Le garçon s'affaira quelques instants autour du verrou.

— Non, attends, ne m'enferme pas là-dedans ! protesta Pepe. À l'aide ! À l'aide !

Tomás lui assena une tape derrière le crâne.

— Tais-toi ! Tu ferais mieux d'entrer gentiment.

Entre-temps, le faucon était allé se percher sur le tonneau et suivait la scène avec attention.

Pepe entra en pleurnichant dans le sous-sol du Palais des Glaces.

— Reste tranquille. Ne t'avise pas de crier ou d'appeler à l'aide, sinon, tu me rendras des comptes après le coucher du soleil, quand je serai sous ma forme de panthère. Est-ce que c'est clair ?

Pepe répondit par un gémissement résigné et avança sans plus protester.

Tomás verrouilla la porte, puis sortit la lettre de la poche de son pantalon et s'adressa au faucon.

— L'incendie dont tu dis te souvenir, la tour en flammes et…

Il déplia la feuille et examina l'écriture fine et soignée.

— … le petit garçon avec qui tu jouais… ça n'a rien à voir avec moi, déclara-t-il résolument. Ce garçon ne peut pas être moi.

Il froissa la feuille et la glissa à nouveau dans la poche de son pantalon. Puis il fit mine de s'en aller, se ravisa et regarda le faucon.

— Ce soir, je suis de repos. Retrouve-moi ici, un peu avant le coucher du soleil, d'accord ?

Le faucon battit des ailes et Tomás acquiesça brusquement. Puis il fit volte-face, s'éloignant d'un pas résolu.

CHAPITRE 5

Quelque heures plus tard, quand Amparo, toujours sous sa forme de faucon, revint au champ de foire, les lumières étaient allumées. Des visiteurs se promenaient d'attraction en attraction, comme des papillons butinant de fleur en fleur. Le rapace vola au-dessus du Palais des Glaces, se posa sur le tonneau de bois qui dissimulait la porte menant à la prison de Pepe et attendit.

Tomás arriva un instant plus tard avec l'air contrarié, ses cheveux bruns décoiffés et quelque chose sous le bras. Il adressa un signe de tête au faucon et laissa tomber le ballot au pied du tonneau. C'étaient les vêtements d'Amparo.

— Ta cape a l'air de coûter cher, dit-il en guise d'explication.

Le faucon fit claquer son bec, tandis que Tomás ôtait sa chemise. Sur sa peau mate, à droite sur ses côtes, se détachait une tache de naissance sombre en forme de triangle.

— J'en déchire une chaque soir, expliqua-t-il. Au moins, quand je suis de repos, j'essaie d'épargner ma tenue. Les raccommodeuses ont déjà trop de travail.

Il s'éclaircit la voix et reprit :

— Est-ce qu'on peut faire confiance à ton ami ? Il ne dira vraiment rien ?

Le faucon répondit d'un second claquement de bec, et Tomás fronça les sourcils, dubitatif.

— Si tu le dis…

Son regard se perdit un instant dans le vide.

— Je n'ai pas pu parler à ma mère adoptive. Elle n'était pas lucide, aujourd'hui, trop de laudanum pour la douleur. Mais…

Il s'interrompit et soupira.

— En réalité, moi aussi, je me souviens des flammes, reprit-il. Et quand Pepe a mentionné les enfants des Trastamara… Eh bien, je me souviens effectivement d'enfants au teint pâle et aux cheveux blonds. Depuis toujours. Il y a des années, j'ai même demandé à ma mère s'il n'y avait pas d'autres gamins avec moi sur la plage où elle m'a trouvé, mais elle m'a toujours dit que non. Alors, c'est peut-être ça, l'explication. Quoi qu'il en soit, dit-il, un pli soucieux barrant son front, je ne me souviens pas de toi, donc, ne va pas t'imaginer que… Ah, malédiction !

Le soleil s'était couché.

Le faucon déploya ses ailes tandis que ses longues plumes légères se muaient peu à peu en chair et en os.

Le garçon s'accroupit sur le sol, les poings serrés. Durant une fraction de seconde, Amparo put regarder Tomás en face, avant qu'il ne se couvre de poils et que le museau noir de la panthère ne reprenne le dessus.

— Nous pouvons faire confiance à Pepe, je t'assure ! chuchota-t-elle rapidement.

L'instant d'après, le garçon avait disparu.

Amparo enfila ses vêtements à la hâte, heureuse qu'ils n'aient pas été perdus, et resserra la cape couleur de sauge autour de son cou.

— Merci pour la cape. C'est mon grand-père qui me l'a offerte.

Elle noua les lacets de ses bottines, puis regarda la porte.

— Je le laisse sortir, d'accord ?

La panthère ne s'y opposa pas.

Amparo fouilla dans le pantalon en lambeaux de Tomás et y trouva une petite clef métallique. Elle déplaça le tonneau, puis s'affaira autour du cadenas.

— Pepe ? appela-t-elle dans l'obscurité, une fois la porte ouverte.

Il y eut un long silence, puis…

— C'est pas trop tôt ! s'exclama le garçon en émergeant du sous-sol, les poignets encore attachés par sa propre chemise. J'étais sur le point de mourir de faim là-dessous. Et j'ai envie de faire pipi !

Amparo s'empressa de le libérer.

— Je suis désolée…

— Mais oui, bien sûr…, grommela-t-il tout en jetant un coup d'œil méfiant à la panthère. Qu'est-ce que tu as décidé, alors ? Tu vas me mettre en pièces ? Ne te gêne pas. J'y ai pensé toute la journée, tu sais, et j'ai recommandé mon âme à Dieu. À un moment donné, je crois même qu'il m'a répondu, quoique avec lui, on ne peut jamais savoir. Mais ça ne sert à rien de me dévorer, je ne suis pas un mouchard !

— On le sait, Pepe, dit Amparo.

— Mmmh, marmonna-t-il en se dégourdissant les bras. De toute façon, qui me croirait ?

— C'est vrai, murmura-t-elle.

Elle s'appuya au tonneau et le dévisagea.

— Tu veux rentrer chez toi ? Ton père doit être inquiet.

— Ça ne presse pas. D'abord, je dois faire pipi et manger quelque chose, fit le garçon en haussant les épaules.

La panthère gronda doucement, indiquant la droite. Puis elle se mit en route, agile et silencieuse. Elle guida Amparo et Pepe à travers la foire via des passages sombres et déserts, longeant l'arrière des manèges et évitant les flaques de lumière des lampadaires jusqu'à sa roulotte. À la première occasion, Pepe en profita pour faire pipi sans lésiner sur les exclamations colorées et les grâces discutables rendues au Seigneur.

Une fois à l'intérieur de la roulotte, seuls et en sécurité, la panthère alla s'allonger sur le lit, tandis qu'Amparo indiquait du pain sur la petite table de bois près de la porte.

— Griffe, est-ce qu'on peut en prendre ?

La panthère souffla bruyamment sans bouger de son poste.

— Moi, je dis que c'est un « oui », décréta Pepe en se jetant sur le pain.

Il examina la roulotte et remarqua les portraits accrochés aux murs.

— Ça alors ! Notre panthère a du talent pour le dessin.

— Il est très doué, reconnut Amparo.

Griffe souffla à nouveau et, d'un coup de museau, fit tomber l'oreiller du lit, révélant une feuille de papier. La jeune fille la ramassa et lut le court message qui y figurait.

Plume, tu as raison, nous avons des souvenirs communs. Nous pouvons peut-être nous aider mutuellement. Et c'est sûrement la raison pour laquelle ma mère adoptive, durant toutes ces années, n'a jamais voulu venir à Valence avec le Repaire de la Magie.

— Qu'est-ce qu'il raconte, le petit tigre ? s'enquit Pepe, la bouche pleine.

La panthère gronda et Amparo lança un regard d'avertissement à Pepe.

— Il vaut mieux ne pas l'appeler « petit tigre ».

— Bon sang, ce que vous êtes susceptibles, vous autres, bougonna Pepe en avalant le dernier morceau de pain.

Il s'essuya les mains sur son pantalon et enroula les quelques lambeaux restants de sa chemise en guise d'écharpe autour de son cou.

— Bon, tu me le dis ou non ?

Amparo lut le mot à voix haute.

— Ah, commenta Pepe. Donc tu avais donc raison ! Alors, qu'est-ce qu'on fait ? On commence par… ?

— Commencer quoi ?

— L'enquête ! Sur la panthère. Enfin, sur le garçon. Enfin, sur vous deux. Même si je n'ai pas encore bien compris ce que tu espères découvrir.

Amparo s'assit sur le lit à côté de Griffe.

— Je crois que mon passé et celui de Tomás sont liés d'une manière ou d'une autre. Tu vois, je ne sais rien de mes parents. Ils sont morts quand j'étais toute petite, alors j'ai toujours cru que je n'avais aucun souvenir lié à eux. Pourtant, quand j'ai assisté au numéro de magie de Tomás, quand je l'ai vu se transformer en panthère, je me suis souvenu de quelque chose. Quelque chose de ma vie d'avant, quand je n'habitais pas encore chez mon grand-père : un incendie, une tour en flammes et un petit garçon brun. Et apparemment, Tomás aussi se souvient des mêmes choses. Plus ou moins.

— Est-ce que tu as demandé des explications à ton grand-père ? s'enquit Pepe.

— Oui, mais il n'aime pas parler de mes parents.

— Alors, c'est qu'il en sait plus qu'il ne le dit. C'est certain, déclara Pepe avec conviction. Il y a un sacré travail d'enquête et de recherche à faire ici. Vous avez de la chance de m'avoir rencontré, tous les deux. Sérieusement.

Amparo fronça les sourcils.

— Ah bon ?

— Tout à fait. Toi, tu n'es pas du tout débrouillarde. Mais ce n'est pas ta faute, c'est typique de ceux qui ont grandi dans le centre et qui n'ont pas besoin de se creuser la cervelle pour gagner leur croûte.

— Pas besoin de se creuser la cervelle ? répéta Amparo qui ne savait pas si elle devait rire, être vexée ou les deux à la fois.

— Et celui-là, poursuivit Pepe, imperturbable, en montrant la panthère, s'il est bien celui que tu crois, il n'était plus à

Valence depuis dix ans. Il ne connaît plus la ville, donc il ne sera d'aucune utilité. Voilà le marché : je vous aide à découvrir votre passé et vous, en échange, vous ne me tuez pas…

— Nous n'avions pas l'intention de te tuer ! protesta Amparo.

— Parle pour toi, parce que moi, je ne fais pas confiance à ce fauve, l'interrompit Pepe. Je disais, vous ne me tuez pas et, en plus, quand nous irons au domaine des Trastamara, parce que nous nous y rendrons tôt ou tard, vous m'aiderez à emporter quelques objets de valeur.

— Attends un peu, ça ne me plaît pas, cette histoire, protesta Amparo. Je ne suis pas une voleuse.

— Moi non plus ! rétorqua Pepe. Je n'ai jamais rien volé de toute ma vie. Mais tout le monde sait qu'il y a encore de l'argenterie et d'autres choses dans ce genre au domaine, et là-bas, ils ne servent à personne. Mais si moi je les prends, je pourrai les distribuer aux gens du quartier.

— Pardon, mais pourquoi n'es-tu pas déjà allé récupérer ce trésor, si tu savais qu'il était là ?

— Parce qu'on raconte que le domaine est hanté par un fantôme, leur révéla Pepe. C'est vrai, ne ris pas ! C'est mon frère Kike qui me l'a dit. Lui, il y est allé il y a quelques années, avec Bartomeu et Nofrem, et ils sont rentrés à la maison plus blancs que du lait caillé. Et mes frères sont tout sauf des mauviettes.

Amparo et la panthère échangèrent un regard.

— D'accord, répondit la jeune fille après avoir interprété la lueur dans les yeux du félin. Marché conclu.

— Très bien ! fit Pepe en se tapant les genoux. Mais maintenant, je rentre chez moi.

— Quoi ? s'écria Amparo. Mais on ne devait pas enquêter ?

— De nuit ? Avec celui-là dans les parages ? objecta Pepe en désignant la panthère. Nous irons au domaine demain matin. Toi, tu seras sous ta forme de faucon et tu pourras voler et te cacher facilement. Tu ne te feras pas remarquer. Retrouvons-nous aux tours de Serranos avant le déjeuner. Moi, entre-temps, je discuterai avec tante Suza de ses années comme couturière chez les Trastamara. Qui sait, elle m'apprendra peut-être quelque chose d'intéressant.

— On ne pourrait pas plutôt aller maintenant parler à cette tante Suza ? insista Amparo.

Pepe soupira.

— Si tu y tiens vraiment… Allons-y maintenant. Peut-être qu'il lui reste un peu de tortilla de patatas d'hier. Ce pain, là, ça ne remplit pas le ventre…

Amparo regarda la panthère.

— À demain, Griffe !

La panthère agita la queue, puis posa son museau sur ses pattes et se tourna vers le mur.

— Il a l'air contrarié, murmura Amparo tout en se dirigeant vers la porte. Je ne crois pas qu'il ait envie de rester là tout seul.

— Les enfants, soyons sérieux, rétorqua Pepe en descendant de la roulotte. Vous deux, vous êtes ce que vous êtes, et vous n'avez qu'une demi-journée chacun pour vous déplacer librement. On ne peut rien y faire.

— Comme tu es devenu sage, observa Amparo en marchant.

— Je te l'ai dit, j'ai parlé à Dieu, répondit Pepe avec grand sérieux.

Ils quittèrent la foire et son kaléidoscope de sons et de couleurs, s'éloignant de la plage pour entrer dans le cœur du Cabanyal.

— Viens, la boutique de mon père est par là.

— Je croyais que nous allions chez ta tante Suza.

— Sa maison est juste à côté.

Pepe conduisit Amparo dans le dédale de ruelles bordées des édifices bas typiques du Cabanyal.

Elle se rendit compte que ce quartier n'avait finalement rien d'effrayant.

Les maisonnettes aux couleurs vives, toutes différentes les unes des autres, montraient que la population était contrastée et dynamique. Certaines étaient bien entretenues, avec de petits balcons aux balustrades en fer forgé, d'autres étaient recouvertes d'un crépi écaillé, avec des fenêtres aux vitres cassées et de petites portes défraîchies.

— On y est : calle de los Ángeles, déclara Pepe avec une fierté manifeste, alors qu'ils tournaient dans une rue longue, étroite et animée.

La moitié des réverbères y étaient cassés, mais les habitants compensaient ce manque de lumière en plaçant bougies et lanternes aux fenêtres. Plusieurs chiens trottinaient de part et d'autre de la rue, et quelques poules picoraient le sol sans se soucier des passants.

— Pepito ! lança une femme assise devant sa porte avec, sur ses genoux, un panier rempli de pommes de terre qu'elle épluchait d'une main rapide et experte.

Près d'elle, un bambin d'environ trois ans ramassait les patates pelées et les plaçait dans un autre panier, l'air satisfait.

— Bonsoir, Carmen, la salua Pepe en s'inclinant à demi.

La femme jeta un coup d'œil interrogateur à Amparo, puis regarda Pepe qui s'empressa de la rassurer.

— C'est une amie.

— Ah, murmura Carmen d'un air entendu.

La jeune fille lui sourit, mais l'autre ne lui rendit pas la politesse.

— Ici, on se méfie un peu de ceux qui ne sont pas du Cabanyal, murmura Pepe. Hé, bonsoir professeur !

Amparo leva les yeux. Appuyé au petit balcon de la maison la plus élégante et la mieux entretenue de toute la rue se trouvait un homme en robe de chambre, avec une pipe à la bouche et de vaporeux cheveux gris.

Pepe pointa du doigt les ornements élaborés de stuc blanc autour de la porte et des fenêtres.

— Il a tout fait lui-même, expliqua-t-il. Le professeur, je veux dire. C'est un véritable artiste.

— Bonsoir, Pepe ! s'exclama l'homme. Qui est ta jolie compagne ?

— Je vous présente Amparo, professeur. Nous sommes plongés dans une visite culturelle du barrio.

— Excellente idée, Pepe, approuva l'autre. Faisons honneur au savoir et à la connaissance !

— À votre service, professeur, comme toujours.

Amparo et Pepe continuèrent leur chemin, s'arrêtant devant chaque édifice pour répondre à un salut.

— Je dois reconnaître que tu es vraiment le roi du Cabanyal, commenta Amparo.

Pepe, sale, pieds nus, avec sa chemise en lambeaux et son pantalon déchiré, lui adressa un sourire radieux. À ce moment, il semblait vraiment comblé.

— Je te l'avais bien dit ! Ah, nous voici enfin à la maison.

Pepe désigna un édifice juste un peu plus loin, sur la droite. Il comptait deux niveaux, comme tous les autres, mais le père du garçon avait dû estimer que ces quelques mètres carrés n'étaient pas suffisants pour accueillir la famille nombreuse, et y avait ajouté un étage supplémentaire, constitué d'une mansarde bancale trouée d'une lucarne plus large que haute.

— Je dors là-haut, dit Pepe.

Devant la boutique s'était rassemblé un vaste groupe d'habitants du barrio. Quelqu'un avait installé une petite table et quelques tabourets dans la rue qui était le théâtre d'une partie de cartes animée à la lueur des bougies. Deux gamins étaient assis sur une caisse et balançaient leurs pieds.

— Ce sont Guillem et Alonso, mes frères numéro cinq et six, dit Pepe.

Amparo aurait pu les prendre pour des jumeaux. Les deux garçons remarquèrent immédiatement les nouveaux venus.

— Père, Pepe est de retour ! annonça celui qui était un peu plus grand.

Une exclamation suivie de heurts retentit dans la boutique, puis un homme apparut sur le seuil.

Il était corpulent, avec le visage rougeaud, une courte barbe rousse et des yeux rapprochés, surplombés de sourcils épais et expressifs. Son ventre proéminent était drapé d'un tablier à rayures jaunes et noires qui lui donnaient l'allure d'un gigantesque bourdon.

— Pepe ! s'exclama-t-il, le soulagement perçant dans sa voix. Démon de mioche ! J'ai cru que j'allais avoir une crise cardiaque.

Il sortit dans la rue, attrapa son fils et le pressa contre son cœur, le soulevant à près d'un mètre du sol.

— Qu'est-il arrivé à ta chemise ?

— C'est une longue histoire, père…, marmonna Pepe. Mmm… tu m'étouffes…

— Ah, pardonne-moi, fiston. Pardonne-moi.

L'homme relâcha son étreinte, puis reporta son attention sur Amparo, que quatre des frères de Pepe dévisageaient. Guillem et Alonso ayant en effet été rejoints par deux autres garçons d'environ treize ou quatorze ans.

— Qui est-ce ? demanda le père de Pepe en souriant.

— Mon amie, Amparo.

— Et je suis Samuel Sorolla, se présenta l'homme en tendant la main à la jeune fille.

Celle-ci lui rendit sa poignée de main.

— Enchantée, don Samuel.

Les frères de Pepe ricanèrent et se donnèrent des coups de coude, mais leur père les fit taire d'un regard menaçant.

—Viens, Pepe, rentrez. Il est presque l'heure de dîner.

— À vrai dire, père, nous avons d'abord quelque chose à faire, objecta le garçon. As-tu vu tante Suza ? Est-ce qu'elle est chez elle ?

Don Samuel acquiesça.

— Elle est rentrée il y a peu. Pourquoi dois-tu aller la voir ? Tu sais, même elle ne pourra pas sauver cette chemise.

— C'était la mienne, ricana l'un des frères de Pepe.

— Non, la mienne ! le contredit un autre.

— Cette chemise a appartenu à tout le monde, les interrompit don Samuel. Bon, si tu vas chez tante Suza, apporte-lui au moins quelque chose.

L'homme rentra dans la boutique et en ressortit quelques instants plus tard avec un petit paquet de toile cirée.

— On ne se présente pas chez les autres les mains vides.

Pepe lui prit le paquet des mains.

— À tout à l'heure, père. Vous n'avez qu'à commencer à dîner sans nous.

— Et comment ! s'exclama l'un des frères Sorolla en sautant de la caisse.

Pepe lui adressa un geste grossier puis saisit Amparo par le coude et l'entraîna à sa suite.

Tante Suza habitait à quelques pas du logis des Sorolla. Sa maison était haute, étroite et faite de briques, avec deux fenêtres superposées et une porte en bois délavée.

Pepe toqua vigoureusement.

—Tante Suza ? C'est moi, Pepe. Je vous apporte un cadeau de la part de mon père.

Amparo voulut jeter un coup d'œil par la fenêtre, mais des rideaux lui bloquaient partiellement la vue. L'intérieur semblait plongé dans la pénombre quand, tout à coup, une flamme s'alluma et s'approcha de la porte. Elle semblait flotter à travers la pièce.

La serrure émit un clic et l'huis s'entrebâilla de quelques centimètres, révélant un visage rond marqué par de légères rides, illuminé par une chandelle à moitié consumée.

— Bonsoir, Pepe, salua la femme qui devait avoir environ soixante-dix ans.

Ses cheveux courts étaient différents de ceux des femmes du barrio del Carmen qui les portaient en tresses enroulées au sommet de la tête. Sur son nez était perchée une paire de lunettes petites et ovales, à monture cuivrée.

Pepe lui tendit le paquet et elle le prit avec un signe de tête.

— Tu veux entrer ? J'ai un reste de tortilla d'hier.

— Avec grand plaisir, tante Suza. Permettez-moi de vous présenter mon amie, Amparo.

— Bonsoir, dit cette dernière.

Tante Suza dévisagea la jeune fille, puis s'écarta.

— Entrez, je vous en prie.

Pepe et Amparo échangèrent un regard complice et pénétrèrent dans la maison.

CHAPITRE 6

Tante Suza invita Pepe et Amparo à la suivre dans la petite cuisine située à l'arrière de la maison, qui donnait sur une courette agrémentée de citronniers.

Le mobilier était modeste, mais en bon état et propre. Amparo s'assit à table avec Pepe, tandis que tante Suza, après avoir allumé une autre bougie, presque plus consumée que la première, s'occupait avec une poêle.

— Tu remercieras ton père pour ce morceau de jambon, dit-elle après avoir ouvert le paquet offert par don Sorolla.

— Je vous en prie, tante Suza. C'est un plaisir.

Amparo s'apprêta à parler, mais Pepe lui jeta un regard éloquent.

Ils attendirent que la couturière réchauffe la tortilla et la serve sur deux assiettes de céramique ornées de motifs bleus.

— C'est délicieux, murmura Amparo entre deux bouchées.

La femme s'assit en face des deux jeunes.

— Ça me fait plaisir.

Elle remonta ses lunettes d'un petit coup de l'index et examina Pepe avec curiosité.

—Alors, Pepe, que veux-tu me dire ?

— Ah, eh bien, tante Suza, commença le garçon en avalant le dernier morceau de tortilla, une lueur de regret dans les yeux. C'est peut-être à cause des Fallas qui approchent, mais certaines personnes sont devenues folles ces derniers temps. Il y a quelques nuits de cela, je me suis battu avec ce vaurien de Cayetano, et il a commencé à dire que je ne suis pas un vrai Sorolla, et que mon père est allé me chercher au couvent San Ignacio !

Tante Suza secoua la tête.

— Quelle absurdité ! J'ai assisté à ta naissance.

— Je le sais bien ! Et puis, avec tous les enfants que mes parents avaient déjà, pourquoi seraient-ils allés en chercher un là-bas, continua Pepe, feignant l'indignation. Ce sont les couples qui n'arrivent pas à avoir d'enfants qui adoptent les enfants du couvent, pas ceux qui en ont déjà sept ou huit ! s'esclaffa-t-il. À la limite, mes parents auraient pu se rendre là-bas pour y laisser un de mes frères. Alonso, par exemple. Il est tellement ennuyeux…

Tante Suza sourit tristement.

— Il fut un temps où l'on abandonnait tellement d'enfants au tourniquet du couvent que les religieuses n'avaient même pas le temps d'en récupérer un qu'il en arrivait un autre.

— Dites-moi, tante Suza, murmura Pepe d'un air complice, est-ce vrai ce qu'on dit sur les Trastamara ? Qu'eux aussi avaient adopté un enfant au tourniquet ?

Tante Suza fit claquer sa langue.

— On a raconté tant de choses sur les Trastamara, commenta-t-elle. Certes, le premier fils de don Ricardo ne lui ressemblait pas, ni à sa mère si pâle et délicate qui venait d'une de ces froides contrées du Nord. Les enfants qu'ils ont eus ensuite, en revanche, ressemblaient beaucoup à leur mère.

— Et l'aîné, alors? Ils sont allés le chercher au couvent, d'après vous?

Tante Suza écarta les bras.

— À l'époque, je me rendais souvent chez les Trastamara pour confectionner des vêtements à la dame. Et avant l'arrivée de cet enfant, «le ténébreux», comme l'appelaient les domestiques, ses mesures n'ont jamais changé, comme si elle n'avait jamais été enceinte.

Amparo et Pepe échangèrent un regard entendu.

— Et il y avait beaucoup d'enfants au domaine? intervint Amparo. À part ceux des Trastamara, je veux dire.

Tante Suza croisa les mains sur la table et Amparo remarqua les marques sur ses doigts : le sillon laissé par les aiguilles dans le pli de ses phalanges, le cal sur le majeur, les crevasses autour des ongles.

— Quelques-uns, oui, répondit la couturière. Les Trastamara n'aimaient pas recevoir des gens de l'extérieur. Moi, j'étais une exception. Alors, il y avait plusieurs familles qui vivaient et travaillaient là sans jamais quitter le domaine.

— Ça ne doit pas être mal de vivre dans un endroit pareil, commenta Pepe.

Tante Suza eut un sourire sans joie.

— Tu sais ce qu'on dit, n'est-ce pas? Les apparences sont souvent trompeuses.

— Que voulez-vous dire ? demanda Amparo, intriguée.

La vieille femme secoua légèrement la tête.

— Une prison reste toujours une prison, même si elle est dorée.

Amparo faillit poser une autre question, mais Pepe l'arrêta d'un regard.

— Merci pour la tortilla, tante Suza. Elle était vraiment délicieuse. Et pour la discussion. À présent, nous allons vous laisser vous reposer.

À contrecœur, Amparo se leva de table et sourit poliment à la dame.

— Je vous remercie, madame.

La couturière acquiesça en silence et escorta les deux amis à la porte. Juste avant leur départ, elle s'éclaircit la gorge.

— À une certaine époque, je confectionnais des vêtements pour les religieuses. C'était un travail qui payait mal et que je faisais par pure dévotion et respect envers la Mère supérieure du couvent.

— Du couvent de... ? demanda Pepe.

— San Ignacio, précisa tante Suza, une lueur amusée dans les yeux. Si ses goûts n'ont pas changé, c'est une grande amatrice de horchata. Surtout lorsque c'est bien sucré.

Pepe attrapa les mains de la vieille femme et les embrassa.

— Vous êtes une sainte, tante Suza ! Une véritable sainte.

— Laisse-moi au moins mourir avant de me déclarer sainte !

— Ah, mais moi, j'ai un contact direct avec le Très-Haut, s'exclama Pepe avant de s'éloigner à la hâte le long de la rue. Et il est bien d'accord avec moi !

Amparo le rejoignit.

— Pourquoi n'as-tu pas voulu que je l'interroge sur les familles qui vivaient au domaine ? chuchota-t-elle.

— Elle ne t'aurait pas répondu, déclara Pepe. Pas maintenant. Elle ne te connaît pas et ne te fait pas confiance. Mais on en a découvert plus que je ne l'espérais. Il ne nous reste qu'à attendre demain et à nous présenter au couvent avec une bonne bouteille de horchata.

— Si seulement j'avais pu…

Pepe l'interrompit.

— S'il le faut, on reviendra la voir dans les jours qui viennent, je te le promets. Et on l'interrogera sur les autres enfants qui vivaient au domaine. Fais-moi confiance, je la connais. Elle ne se livre pas facilement avec les inconnus.

— D'accord, fit Amparo à contrecœur.

— Tu veux rester dîner à la boutique ? lui proposa Pepe. Mon père est de bonne humeur ce soir et en plus, Kike est allé rendre visite à sa fiancée. Il est affreusement grippe-sou ! S'il était là, tu n'aurais pas grand-chose à manger. Alors que mon père… je te parie qu'il aura déjà descendu un jambon du grenier.

Amparo tenta de décliner poliment l'invitation, mais don Sorolla ne voulut rien entendre. Il sortit une petite table dans la rue, ainsi que des tabourets sur lesquels s'assirent tous les frères Sorolla, à l'exception de l'aîné. À cette table joviale, bruyante et festive où l'on se disputait sans cesse et où il y avait à manger pour tous, Amparo éprouva un mélange de joie et de tristesse en pensant que, peut-être, si ses parents n'étaient pas morts si tôt, elle aussi aurait eu des frères et sœurs avec qui partager le reste de sa vie.

Les tours de Serranos se détachaient majestueusement contre le ciel d'azur et de nuages, et leurs arches profondes étaient comme de grands yeux vides qui fixaient les passants.

En face, la plaza de los Fueros bourdonnait d'activité. Les commerçants se tenaient à la porte de leurs boutiques, prêts à accueillir les clients ou à échanger quelques mots entre eux. Un marchand ambulant s'était arrêté au pied des tours, vantant sa marchandise à grands cris, et un groupe de femmes, panier au bras, discutaient avec animation d'un scandale récent.

Un faucon descendit du ciel en planant silencieusement au-dessus de la place, décrivant des cercles avant d'aller se poser sur l'enseigne d'un marchand de vins. Sa présence attira des regards craintifs, et le propriétaire de la boutique, un homme sec aux yeux globuleux semblables à ceux d'une grenouille, sortit dans la rue, agitant le poing en direction du rapace.

— Tu fais fuir mes clients, sale bête !

Le rapace ne sembla pas perturbé par l'attitude menaçante de l'homme et continua d'étudier la place de son regard acéré.

Son attention fut bientôt attirée par l'arrivée de deux garçons.

L'un était grand, mince et musclé, avec des cheveux bruns et un nez légèrement aplati. L'autre était petit et maigre, presque rachitique, avec un visage hâlé couvert de crasse. Il serrait sous le bras une bouteille remplie d'un liquide laiteux.

Tous deux s'arrêtèrent au milieu de la place, examinant les alentours. Le faucon attendit quelques instants, puis s'éleva dans les airs en poussant un cri strident. Toutes les personnes présentes se retournèrent pour le regarder, lâchant des exclamations de stupeur lorsque l'oiseau alla se poser sur l'épaule du plus petit des deux garçons.

— Qu'est-ce que tu disais hier, déjà ? demanda Tomás d'un ton ironique. Que Plume passe davantage inaperçue que moi ?

Pepe, qui ne semblait pas ravi de cette présence sur son épaule, eut un sourire forcé.

— Exactement.

L'autre fit claquer sa langue.

— On y va ?

Pepe acquiesça sans cesser de regarder le faucon du coin de l'œil.

— Espérons qu'il ne lui vienne pas l'envie de me picorer les yeux…

— Les bêtes n'attaquent pas sans raison, répliqua brusquement Tomás. Certainement pas pour s'amuser. Contrairement aux humains.

D'un pas mal assuré, en raison du faucon sur son épaule, Pepe guida Tomás à travers la place, contourna les tours de Serranos et longea le Turia en direction de la mer, jusqu'au vieux pont de la Trinidad. Une fois qu'ils l'eurent franchi, le paysage changea : les ruelles denses du barrio del Carmen laissèrent la place aux espaces plus ouverts du quartier de la Saïdia.

— Il va nous falloir marcher un bon moment avant d'atteindre le couvent, commenta Pepe. Voyons si nous trouvons quelqu'un qui veuille bien nous déposer. Toi, essaie de sourire. Ça aiderait.

Tomás l'ignora, et ils s'engagèrent sur la route poussiéreuse qui reliait Valence au village paysan d'Almàssera. Le couvent se trouvait un peu avant, juste de l'autre côté de la rivière Carraixet.

— Comment se fait-il que tu connaisses si bien cette zone ? s'enquit Tomás tandis qu'ils marchaient sous le soleil. Tu vis au bord de la mer, pourtant.

Pepe sourit en tapotant de l'ongle la bouteille sous son bras.

— Mon père s'approvisionne auprès d'un producteur de horchata à Almàssera. C'est pour ça que je connais la route. Et c'est pour ça aussi que je sais que nous aurons les pieds couverts d'ampoules si nous ne… ah, voilà ! Señor ! Pardonnez-moi, señor !

L'homme, qui conduisait une charrette tirée par un mulet, ralentit et dévisagea les deux garçons avec méfiance. Quand il remarqua le faucon, il éclata de rire.

— Que je sois frappé par la foudre si ce n'est pas un faucon d'Eleonore !

Pepe et Tomás échangèrent un regard.

— Je vous assure, señor, ce faucon ne s'appelle pas du tout Eleonore ! dit Pepe.

Puis il jeta un coup d'œil soupçonneux au rapace.

— Tu ne t'appelles pas Eleonore, hein ?

L'homme ôta son chapeau de paille et essuya son visage en sueur de son avant-bras.

— Bien sûr que non, mon garçon, rit-il. « Faucon d'Eleonore », c'est le nom que l'on donne à son espèce. Son nom correct, c'est *Falco eleonorae*.

Pepe se gratta la tête.

— Eh ben, je dois dire que je vous avais mal jugé. Qui aurait cru qu'on rencontrerait un expert en faucons qui parle même en… en…

— Latin, fit l'homme.

— C'est ça, dit Pepe. Qu'on rencontrerait un homme qui parle latin ici, dans la poussière, sur la route qui mène à Almàssera ? Pas moi, ça c'est sûr.

— C'est là que vous allez ? Almàssera ? demanda l'homme.

— Au couvent de San Ignacio, plus précisément, répondit aimablement Pepe en brandissant la bouteille de horchata. Une affaire urgente avec la Mère supérieure, vous voyez.

L'homme jeta un coup d'œil à sa cargaison, composée d'une douzaine de bonbonnes d'huile brillantes, et haussa les épaules.

— Si vous arrivez à vous serrer là-dedans sans faire de dégâts, je peux vous emmener jusqu'à la rivière.

— Merci, señor ! s'exclama Pepe en s'accrochant à la charrette. Vous ne le regretterez pas.

L'homme attendit que Tomás fût monté à son tour, puis fit claquer sa langue et donna un petit coup de rênes. Le mulet poussa un braiment sonore et se mit en marche, agitant ses longues oreilles pour éloigner les mouches.

— Vous ne m'avez pas encore dit ce que vous fabriquez avec ce faucon, commenta l'homme peu après.

— Et vous ne nous avez toujours pas dit pourquoi vous en savez autant sur les faucons, répliqua Tomás.

Pepe marmonna, contrarié :

— Tu veux faire la route à pied ? Parce que moi, non merci.

Mais l'homme qui conduisait la charrette ne semblait pas offensé par la remarque de Tomás.

— Il y a bien longtemps de cela, je travaillais avec les faucons pour un riche propriétaire. Puis il a fait faillite et moi, j'ai perdu mon travail, alors je me suis lancé dans la production d'huile avec mon frère. Que voulez-vous ? La vie est imprévisible.

— Le riche propriétaire…, répéta Pepe, frappé par une soudaine intuition.

— Tu ne peux pas le connaître. Quand son domaine a été détruit par les flammes, tu devais encore être au sein de ta mère. Il s'appelait…

— Ricardo Trastamara, conclut Tomás en grimaçant.

L'homme se retourna.

— Exact. Si tu connais son nom, cela signifie que les rumeurs à son sujet ne se sont pas encore éteintes.

— Le bruit court que le domaine, ou ce qu'il en reste, est hanté par des fantômes, dit Pepe.

— Cela a toujours été un endroit triste, en dépit des apparences… murmura l'homme, plus pour lui-même que pour les deux garçons.

Lorsque le faucon fit claquer son bec, il reporta son attention sur l'oiseau.

— C'est un magnifique spécimen, jeune mais bien formé. C'est toi qui l'as dressé ?

— Plus ou moins… répondit Pepe.

— Qu'est-ce qui vous fait penser qu'un animal sauvage doit forcément être dressé ? intervint Tomás.

Pepe invoqua deux saints et quatre martyrs avant de lancer un regard de travers à Tomás. Cependant, là encore, l'homme ne sembla pas irrité par le garçon. Au contraire.

— Tu n'as pas tort, commenta-t-il après un instant de réflexion.

— Je n'ai rien affirmé. Je vous ai simplement posé une question.

— Mais le ton que tu emploies suggère clairement ce que tu penses, rétorqua l'autre. En vérité, je ne sais pas. Je crois que cela fait partie de la nature humaine. Contrôler. Maîtriser. Dresser. Cela nous permet de nous sentir mieux, nous, les humains.

— Mais pas les animaux.

— Mais pas les animaux, en convint l'homme.

La charrette poursuivit son chemin le long de la route poussiéreuse.

De temps à autre, ils croisaient un paysan ou un artisan qui ralentissait pour échanger deux mots ou les saluer, observant avec stupéfaction le faucon perché sur l'épaule de Pepe.

Lorsqu'ils arrivèrent en vue de la rivière Carraixet, la charrette s'arrêta.

— Nous y sommes, les gars. Moi, je vais vers Tavernes Blanques.

Pepe et Tomás sautèrent sur la route.

— Merci pour le trajet, dit Pepe.

L'homme toucha son chapeau en guise de salut, puis fit tourner la charrette et se dirigea vers le nord, longeant l'étroit cours d'eau. Pepe et Tomás restèrent immobiles quelques instants, puis Pepe frappa sa cuisse maigre et indiqua le pont qui se trouvait non loin de là.

—Viens, ce ne sera plus très long.

Tous deux traversèrent le cours d'eau et empruntèrent un sentier qui coupait à travers des champs arides s'étendant à perte de vue.

— Ils ne devraient pas être en train de cultiver du souchet comestible par ici ? s'enquit Tomás. La plante avec laquelle ils font ça, précisa-t-il en indiquant la bouteille de horchata.

— Il est trop tôt pour le planter, expliqua Pepe. Il faut encore attendre au moins un mois. Oh, Dieu merci, voilà le couvent.

San Ignacio se dressait de l'autre côté d'un terrain en friche. Entourée d'un haut mur de briques, il renfermait un imposant bâtiment crépi de blanc, avec un beffroi au milieu et une série de petits bâtiments tout autour. Une grille en fer fermée par une chaîne et un cadenas indiquait clairement qu'il était impossible d'accéder librement au couvent.

— Je ne vois pas de roue, cet endroit où l'on dépose les enfants, commenta Tomás. Tu es certain que nous sommes au bon endroit ?

— Sois un peu confiant, répliqua Pepe. Si tu t'attends à voir une roue comme celle des moulins, tu as mal compris.

Le garçon longea un pan de mur jusqu'à une sorte de petite masure adossée à la surface en briques. Une fenêtre de taille modeste s'ouvrait au centre de la structure.

À l'intérieur, il y avait un élément circulaire en bois avec une petite porte.

— C'est ça, la roue ou le tourniquet, expliqua Pepe. Tu ouvres ici, tu mets le nouveau-né dedans, tu refermes, tu tournes et le bébé se retrouve à l'intérieur du couvent.

Tomás resta silencieux, le regard fixé sur l'étrange mécanisme, l'air contrarié.

— Je ne me souviens pas d'un endroit pareil.

— Si tu as vraiment été mis là-dedans, c'est normal que tu ne puisses pas t'en souvenir. Tu devais être vraiment tout petit, commenta Pepe, pragmatique. Maintenant, tentons de faire en sorte que la Mère supérieure nous reçoive. Cela devrait nous aider, dit-il en levant la bouteille de horchata.

Ils retournèrent à la grille. Pepe attrapa la cloche accrochée à l'un des piliers de briques et la fit sonner.

Un peu plus loin, des corneilles s'élevèrent dans les airs, troublées par le bruit. Même le faucon s'agita, mal à l'aise et, au bout d'un moment, abandonna l'épaule de Pepe pour aller se poser au sommet du mur d'enceinte.

— On dirait qu'il n'y a personne, commenta Tomás.

— C’est un couvent, répliqua Pepe. Où veux-tu que les religieuses soient allées ? Manger une paella au bord de la mer ? Ah, ma sœur, bonjour !

Une femme venait d’apparaître sur le seuil du couvent. Elle portait le vêtement noir typique des bonnes sœurs, avec un voile et une ample collerette blanche. Autour de sa taille, il y avait une chaîne métallique à laquelle étaient accrochées plusieurs clefs. Il était impossible de dire avec précision quel âge elle avait, mais certainement plus de quatre-vingts ans.

La religieuse s’approcha de la grille d’un pas léger.

— Bonjour, salua-t-elle. Vous vous êtes perdus ?

— Non, ma sœur, pas du tout, répondit Pepe. Nous sommes exactement là où nous voulions être. Nous aimerions parler à la Mère supérieure, si possible, précisa-t-il en montrant la bouteille. Nous avons un petit cadeau pour elle, de la horchata d’Almàssera. Très sucrée.

Une lueur amusée dansa dans les yeux de la vieille religieuse.

— Puis-je vous demander à quel propos vous souhaitez la rencontrer ?

— Ça, ma sœur, c’est une question entre elle, le Très-Haut et nous-mêmes, murmura Pepe d’un air complice. Sans vouloir vous offenser, bien sûr, mais il s’agit d’une affaire très personnelle.

— Je comprends. Vous avez l’air affamés. Toi, surtout, dit-elle en regardant Pepe.

— Eh bien, ma sœur, je ne refuse jamais un morceau de pain frais, mais du pain rassis ferait tout aussi bien l’affaire.

Quand il s'agit de charité, il ne faut pas être trop pointilleux, n'est-ce pas ?

Tomás marmonna quelques mots indistincts. Pepe l'ignora et désigna des buissons mal taillés de l'autre côté de la grille.

— Ma sœur, que diriez-vous si mon ami et moi, nous vous arrangions ce désastre – avec tout le respect que je vous dois, bien sûr ? Comme ça, vous aurez de belles fleurs bien vigoureuses d'ici quelques mois. Ce sera notre façon de remercier la Mère supérieure du temps qu'elle nous accordera.

Pepe l'avait apparemment prise par les sentiments, car elle ôta un trousseau de clefs de sa ceinture, chercha quelques secondes celle qu'il lui fallait et leur ouvrit.

Tomás et Pepe franchirent les deux battants que la religieuse referma derrière eux avec empressement.

— Commencez par les mauvaises herbes, suggéra-t-elle.

Tomás grommela de mécontentement, tandis que Pepe adressait son plus beau sourire à la religieuse.

— Mille mercis, ma sœur. Entre-temps, pourriez-vous informer la Mère supérieure de notre arrivée ?

— Oh, elle le sait déjà. Je vais vous chercher une cruche d'eau et un peu de pain.

Dès que la religieuse eut quitté le jardin, Tomás se pencha sur les buissons et secoua la tête.

— Ça, ce n'était pas au programme !

— Il fallait bien trouver le moyen d'entrer, rétorqua Pepe. Comme ça, la Mère supérieure sera bien disposée à notre égard.

— Je croyais qu'il suffisait d'apporter la horchata ?

— Tu sais ce qu'on dit, non ? Aide-toi, le Ciel t'aidera, lança Pepe en ricanant.

Tomás poussa un soupir de frustration. Les deux garçons travaillèrent quelques minutes en silence, puis la religieuse qui les avait accueillis revint avec de l'eau et du pain.

— Je vois que vous avez déjà bien avancé.

Pepe essuya la sueur de son front, laissant une trace sombre sur sa manche de chemise.

— C'est un plaisir, ma sœur, un plaisir.

Elle sourit et posa les vivres près des buissons.

— La Mère supérieure vous recevra dans quelques instants. Finissez-en avec ces mauvaises herbes, puis entrez et montez l'escalier. Au premier étage, vous trouverez une porte en bois avec un ange sculpté sur le battant gauche.

— Merci, ma sœur, dit Pepe. Maintenant, nous vous laissons à vos prières.

La religieuse hocha la tête et rentra dans le couvent. Pepe reprit sa tâche avec encore plus d'énergie et, en quelques minutes, il avait débarrassé les buissons des mauvaises herbes. Puis il but deux verres d'eau et partagea la miche, dont il tendit la moitié à Tomás.

— Tu en veux ?

Le garçon secoua la tête, et Pepe fut ravi de la double ration.

— Quand on a le ventre plein, on réfléchit mieux, déclara-t-il à la fin de sa collation.

Puis il se tourna vers le faucon, encore perché sur le mur d'enceinte et lui lança :

— À tout à l'heure.

L'intérieur du couvent était frais, silencieux, et une légère odeur d'encens flottait dans les airs. Au-delà d'une arche, on entrevoyait un cloître au centre duquel une fontaine glougloutait doucement. Un homme d'âge moyen, aux vêtements recouverts par un long tablier marron, balayait la poussière et les feuilles sur l'un des sentiers qui traversaient l'herbe.

Les deux garçons gravirent l'escalier de pierre et atteignirent le premier étage du bâtiment. Ils reconnurent tout de suite le cabinet de travail de la Mère supérieure grâce à l'écriteau de la porte.

Tomás toqua avec force.

— Entrez, lança une voix de l'autre côté.

Le garçon abaissa la poignée de bronze et entra dans la pièce, Pepe sur les talons. L'espace était vaste, presque complètement dénué de mobilier, les murs enduits de gris et ornés de tableaux représentant le Chemin de croix à gauche comme à droite.

Tout d'abord, ils ne distinguèrent pas le visage de la Mère supérieure, car elle était assise à contre-jour, sur une chaise à haut dossier, derrière un imposant bureau. Puis ils avancèrent de quelques pas et…

— Ah, ma mère ! Vous nous avez bien eus ! s'exclama Pepe, amusé, en reconnaissant la religieuse qui les avait accueillis à la grille.

La Mère supérieure sourit.

— J'espère que vous me pardonnerez.

— Bien sûr, ma mère.

Puis Pepe s'avança vers le bureau et y posa la bouteille de horchata.

— Voilà pour vous.

La religieuse contempla la bouteille et soupira.

— Mes péchés mignons sont-ils connus au point de franchir les murs du couvent ?

— Ce n'est pas un péché, ma mère ! protesta Pepe de bon cœur. C'est juste une façon de… de… d'aider l'économie locale. D'ailleurs, c'est une femme que vous connaissez bien qui m'a dit que vous aimiez la horchata. Tante Suza. La couturière.

— Ah, Suza ! Je ne l'ai pas vue depuis longtemps. Comment va-t-elle ?

— Bien, répondit Pepe. Elle est très bavarde. Enfin, quand elle le veut bien.

Tomás s'éclaircit la voix, impatient.

La religieuse reporta son attention sur lui.

— Alors, quelle est la raison de votre visite ?

— Nous sommes venus vous demander des renseignements sur un enfant laissé au couvent il y a environ quatorze ans, expliqua aussitôt Tomás.

La religieuse ne se troubla pas.

— De nombreux enfants étaient abandonnés à l'époque. Au moins un par jour. Il m'est impossible de me souvenir de tous.

— Mais vous vous souviendrez sûrement de ça, si vous l'avez déjà vue, répliqua Tomás en soulevant sa chemise pour lui montrer la tache de naissance qu'il avait sur les côtes. Elle a une forme particulière.

La Mère supérieure plissa les yeux.

— Je vous rappelle que mentir est un péché, insista Tomás.

— Tomás ! s'écria Pepe. Pardonnez-lui, ma mère, il n'a pas l'habitude de…

La Mère supérieure leva une main et Pepe se tut.

— Non. Ton ami a raison. Mentir est un péché. J'ai vu cette tache de naissance il y a des années, peut-être était-ce il y a quatorze ans, comme tu le dis, sur un nouveau-né qui fut déposé au couvent alors qu'il n'avait que quelques semaines. Toutefois, si tu veux savoir par qui il fut abandonné, je ne peux pas te répondre.

— Mais vous pouvez nous dire qui l'a adopté, dit Tomás en baissant sa chemise.

L'ombre d'un sourire dansa sur les lèvres de la religieuse.

— Oui. C'est la seule fois de ma vie où j'ai regretté ma décision.

— Quelle décision ? demanda Tomás.

— Deux familles voulaient t'avoir, expliqua la Mère supérieure. La première était d'origine modeste, un couple de petits commerçants un peu âgés. La deuxième, en revanche, était très riche et puissante. J'ai fait le mauvais choix, dicté par la précipitation et le besoin de fonds pour nourrir tous les enfants dont nous devions prendre soin à l'époque. Des fonds dont ne disposait pas la première famille…

— Mais la deuxième pouvait donc vous aider, dit Tomás.

— Ils furent très généreux. Trop pour pouvoir refuser.

— Vous parlez des… commença Tomás.

— …Trastamara, conclut la Mère supérieure. Je ne pouvais imaginer qu'ils allaient tout perdre. Le domaine fut ravagé par les flammes, et la señora Trastamara s'enfuit avec les enfants… Pourquoi n'étais-tu pas avec elle ?

— Je l'ignore, répondit Tomás. Je n'ai aucun souvenir de l'incendie.

Il haussa les épaules et ajouta :

— Elle a probablement décidé de m'abandonner. Au fond, je n'étais pas vraiment son fils.

Un lourd silence s'abattit sur la pièce pendant lequel Tomás et la Mère supérieure semblaient tous deux en proie à des pensées sombres et emplies de regrets.

Pepe se racla la gorge.

— Pardonnez-moi, ma mère, mais est-ce que Tomás avait avec lui quelque chose de sa famille d'origine ?

— Non. Je suis désolée. Il était seulement enveloppé dans un linge, comme tant d'autres.

— Vous l'avez encore ? demanda aussitôt Tomás.

La Mère supérieure secoua la tête.

— Je suis désolée, répéta-t-elle.

— Très bien. Je comprends.

Tomás se retourna et sortit précipitamment de la pièce, sans donner le temps à la religieuse d'ajouter quoi que ce soit d'autre.

— Excusez-le, intervint Pepe. Il était convaincu qu'en venant ici il trouverait des réponses.

La religieuse hocha tristement la tête.

— Dans certains cas, il vaut mieux ne pas savoir.

— Et il s'agit d'un de ces cas ?

La Mère supérieure ne répondit pas et Pepe comprit que la conversation était terminée.

— Je vous remercie de nous avoir reçus, ma mère. Passez une bonne journée.

Le garçon sortit en silence du cabinet, avec le regard de la religieuse fixé sur lui et la conviction que, si elle avait pu, elle lui en aurait dit plus. Beaucoup plus.

CHAPITRE 7

Lorsque Pepe sortit du bâtiment, il trouva Tomás en compagnie d'une religieuse à l'air ennuyé qui essayait en vain d'ouvrir le cadenas de la grille. Le faucon n'avait pas bougé de son poste et suivait la scène avec attention.

Enfin, la religieuse parvint à l'ouvrir en bougonnant.

— Bon, partez maintenant, dit-elle aux garçons.

Tomás franchit les deux battants sans même lui accorder un regard, tandis que Pepe lui adressait un respectueux signe de tête auquel, cependant, elle ne répondit pas.

— Écoute… commença Pepe, mais Tomás se mit rapidement en chemin.

— Tout ça, ce n'était qu'une perte de temps, explosa-t-il.

Le faucon quitta le mur et alla se percher sur l'épaule de Pepe qui sursauta.

— Je crois que je ne m'y ferai jamais… Tomás, attends !

L'autre se retourna brusquement.

— Attendre quoi ? Je viens juste d'avoir la confirmation que, non seulement j'ai été abandonné au couvent quand je n'étais qu'un bébé, mais que la femme qui aurait dû m'aimer comme une mère a préféré me laisser mourir dans les flammes d'un incendie !

— On ne sait pas ce qu'il s'est réellement passé cette nuit-là, objecta Pepe.

Tomás secoua la tête.

— Je n'aurais pas dû m'embarquer dans cette histoire. Tout ça, c'est ta faute, Plume ! gronda-t-il.

Le faucon poussa un cri strident et ouvrit brusquement les ailes, frappant Pepe dans l'œil.

— Du calme, vous deux ! s'emporta le garçon. Misère de misère, tu m'as fait mal… marmonna-t-il en se massant le visage. Bon, ça ne sert à rien de s'énerver. Tomás, je ne peux pas te forcer à continuer d'enquêter sur ton passé. Si ça ne t'intéresse pas, toi, alors c'est sûr que moi aussi je vais baisser les bras. Mais si tu veux bien m'écouter, je pense qu'on pourrait encore en découvrir davantage.

— Ce que j'ai découvert me suffit largement.

— Je ne te crois pas.

Tomás secoua la tête.

— Et comment comptes-tu faire pour en découvrir davantage ? fit-il en insistant sur les deux derniers mots.

— Tu n'as pas vu ce qu'il y avait sur le bureau de la Mère supérieure ?

— Un tas de choses, répliqua Tomás.

— Des lettres, précisa Pepe. Des lettres et des enveloppes fermées prêtes à être distribuées.

— Et pourquoi est-ce que ça devrait nous intéresser ?

— Si j'ai raison, tu le comprendras rapidement. Viens.

Tomás suivit Pepe à contrecœur. Tous deux se postèrent de l'autre côté de la rue.

L'attente ne fut pas très longue. Une dizaine de minutes plus tard, l'homme qui peu de temps auparavant balayait la cour sortit du couvent, un sac de toile en bandoulière. Il avançait à vive allure le long de la rue, dans la direction opposée à celle d'où étaient venus Tomás et Pepe.

— Suivons-le, chuchota ce dernier.

Tomás obéit.

La route était bordée d'un enchevêtrement de ronces et de hauts cyprès. Les garçons profitèrent au mieux de ces cachettes improvisées mais, s'ils ne furent pas repérés par l'homme, ce fut uniquement parce que celui-ci ignorait qu'il était suivi. Peu de temps après, ils arrivèrent en vue d'une modeste maison en pierres et en briques avec un toit de tuiles sombres. Elle était entourée par une étendue de terres en friche qui deviendraient peut-être, d'ici un mois, des champs recouverts de souchet comestible.

L'homme quitta la route principale, s'engagea sur le sentier qui menait à la maison et toqua à la porte. Pepe et Tomás se dissimulèrent derrière un buisson. La porte s'ouvrit et une femme apparut sur le seuil, un bébé de quelques mois dans les bras. Deux autres enfants étaient accrochés à ses jupes. L'homme et la femme commencèrent à discuter.

— Nous sommes trop loin pour entendre, marmonna Tomás.

— Ça ne m'intéresse pas de savoir ce qu'ils disent, je veux juste savoir ce qu'il y a dans son sac, rétorqua Pepe

— Pourquoi… ?

— Regarde.

L'homme venait d'ouvrir son sac et fouillait à l'intérieur. Après quelques instants, il en sortit quelques enveloppes qu'il examina à la hâte, avant d'en remettre une à la femme

Pepe exulta.

— Je le savais ! Il distribue le courrier du couvent !

— Tu crois que la Mère supérieure a prévenu quelqu'un de notre visite ?

— Je crois surtout qu'elle ne nous a pas dit toute la vérité, déclara Pepe en repensant aux derniers mots échangés avec la religieuse.

Tomás observa attentivement l'homme qui prenait congé de la femme.

— Tu voudrais lui voler son sac ?

— Eh ben… oui.

— Comment le faire sans être reconnus ?

Pepe jeta un coup d'œil au faucon et sourit d'un air entendu.

— En fait, j'ai une petite idée.

C'est alors que Plume entra en action.

Manuela

Dès que l'homme se fut enfui en hurlant avec le faucon à ses trousses, Pepe se précipita vers le sac abandonné par terre et en renversa le contenu.

— Dépêchons-nous avant qu'il ne revienne, dit-il en commençant à fouiller parmi les enveloppes et les paquets. De l'un d'entre eux s'échappèrent deux petits chaussons de nouveau-né. Tomás les ramassa et les remit avec soin dans le paquet, le refermant avec la ficelle qui s'était dénouée. Pepe, lui, continuait d'examiner les enveloppes.

— Regarde si ces noms te disent quelque chose, dit-il en les tendant à Tomás.

— Don Anacleto, Doña Blanca, Famille Gutierrez…

Tomás haussa les épaules et conclut :

— Non, ça ne me dit rien.

Il ramassa les enveloppes et les dons confectionnés par les sœurs pour les nécessiteux et remit le tout dans le sac de toile.

— Allons-nous-en.

— Attends, attends, murmura Pepe. Comment s'appelle la femme qui t'a élevé, déjà ?

— Manuela, pourquoi ?

Pepe tendit à Tomás l'une des dernières enveloppes. Il s'en saisit et la retourna. Au verso, d'une écriture minuscule et élégante, étaient écrits quelques mots sans équivoque :

Manuela
(Repaire de la Magie, Foire de Valence)

CHAPITRE 8

Lorsqu'ils arrivèrent à la foire, c'était l'après-midi. De nombreuses attractions étaient déjà ouvertes, et une foule discrète s'était rassemblée autour des stands et des chapiteaux. Tomás et Pepe, suivis depuis les airs par Amparo sous sa forme de faucon, se dirigèrent vers Le Repaire de la Magie qui, ce soir-là, selon l'affiche placée devant l'entrée, proposait en exclusivité nationale les meilleurs tours de magie venus d'Orient.

— Ça a l'air intéressant, commenta Pepe.

Tomás répondit par une sorte de grognement et l'autre soupira.

— Attends, avant de tirer des conclusions hâtives. Ta mère a peut-être une explication…

Tomás contourna le chapiteau du Repaire de la Magie.

— La lettre est claire, répliqua-t-il. Elle a toujours su qui j'étais.

— Euh, ce n'est pas tout à fait ce que dit ce message…

Tomás ne commenta pas la réflexion de Pepe. Ils rejoignirent en silence la zone des roulottes, calme et déserte, et se dirigèrent vers celle de Manuela, qui était petite et bien entretenue, peinte d'un bleu tendre, avec les roues orange. Tomás monta la courte échelle de bois et toqua à la porte.

— Mère ? Il faut que je te parle.

Un faible « entrez » se fit entendre à l'intérieur.

Tomás abaissa la poignée et s'interrompit pour jeter un coup d'œil au faucon, qui était perché sur le toit de la roulotte voisine, et à Pepe, resté au pied des marches en bois.

— Il vaut mieux que je t'attende dehors, dit celui-ci.

— Non, répliqua Tomás, à sa grande surprise. C'est grâce à toi si j'ai découvert ces choses. Viens.

— Pour être honnête, tout le mérite revient à Amparo, même si tu t'es énervé sur elle tout à l'heure.

Tomás regarda le rapace.

— Pardonne-moi, Plume. Pepe a raison.

Le faucon quitta son poste et rejoignit la roulotte de Manuela, se perchant sur le rebord de la fenêtre.

Tomás ouvrit grand la porte et Pepe, avec une certaine réticence, grimpa l'échelle et le suivit.

L'intérieur était propre et bien rangé, occupé en grande partie par un lit en bois peint, lui aussi, en bleu et orange. Les murs étaient nus, contrairement à ceux de la roulotte de Tomás. La seule exception était l'inquiétant portrait d'un jeune homme. Du moins, Pepe devina qu'il était jeune, car si l'artiste avait soigneusement dessiné les contours du visage et les longs cheveux bruns touffus, les yeux, le nez et la bouche, eux, étaient à peine esquissés. L'ensemble était voilé d'un halo de brume qui brouillait ses traits et les rendaient difficilement reconnaissables.

— Tomás, appela Manuela.

Pepe reporta son attention sur la femme étendue sur le lit. Il estima qu'elle ne devait pas avoir plus de soixante ou soixante-cinq ans, mais quelle que soit la maladie qui l'affligeait, elle avait fait des ravages. Manuela était squelettique, d'une pâleur délicate, de celle qu'aucun rayon de soleil ne pourra colorer, avec de grands yeux noisette et des cheveux châtains striés de blanc. Jeune, elle avait dû être très belle.

Tomás s'approcha du lit.

— Comment te sens-tu, aujourd'hui ?

— Mieux, répondit-elle, ce qui était manifestement un mensonge. Son regard se posa sur Pepe qui se tenait sur le seuil, embarrassé.

— Un ami à toi ?

— En quelque sorte, fit Tomás.

— Je m'appelle Pepe, se présenta celui-ci. Enchanté.

Manuela lui sourit, tandis que Tomás s'asseyait sur le lit et prenait l'une de ses mains entre les siennes.

— J'ai quelque chose à te demander et je voudrais la vérité.

Manuela contempla son fils adoptif avec un mélange de lassitude, de crainte et de résignation.

— Tu l'as découvert, n'est-ce pas ? Je savais que revenir ici était une erreur, mais le Comité de la foire en a décidé ainsi… Durant des années, j'ai réussi à les convaincre de ne pas s'arrêter dans cette ville, mais cette fois, ils n'ont pas voulu entendre raison. Et nous avions besoin d'argent… Nous ne pouvions pas rester seuls à Barcelone…

Elle commença à tousser, et Tomás s'empressa de prendre la carafe sur la table de chevet et de lui verser un verre d'eau. Manuela but lentement, puis, avec des gestes incertains, reposa le verre.

— Tu ne m'as pas trouvé sur la plage de Barcelone quand j'étais bébé, n'est-ce pas ? reprit Tomás

— Non. Je t'ai sauvé d'un incendie. Ici, à Valence.

— Au domaine des Trastamara.

Manuela acquiesça.

— Mais je ne suis pas le fils de don Ricardo Trastamara et de sa femme.

— Non, tu ne l'es pas.

— De qui, alors ?

— Je ne sais pas, répondit aussitôt doña Manuela. Crois-moi, Tomás, je ne sais pas.

Tomás sortit de la poche de son pantalon la missive que la Mère supérieure avait adressé à sa mère adoptive. Il la déplia et la lut à voix haute :

— « L.G. est revenu. Pars avec le garçon. »

Tomás regarda sa mère dont les yeux, à présent, étaient vides.

— C'est signé P. Cela vient de…

— … la Mère supérieure du couvent de San Ignacio, conclut Manuela. Elle s'appelle Pilar.

— Et qui est L.G. ?

— Il est la raison pour laquelle, durant toutes ces années, je n'ai jamais voulu te ramener ici, à Valence. Même si je savais que cela te privait de la possibilité de retrouver tes origines…

Elle se tut un instant et son regard se perdit sur les broderies de la couverture.

— La vérité, reprit-elle, c'est que j'ai sur la conscience le désespoir et le malheur de tant de familles… Tant d'enfants disparus… Et c'est ma faute.

— Mère, je ne comprends pas. De quels enfants disparus parles-tu ?

Manuela secoua la tête et ses cheveux se balancèrent doucement autour de sa tête.

— C'est une longue histoire. Longue et compliquée.

— Est-ce que je ne mérite pas de la connaître, si elle me concerne ?

Manuela acquiesça.

— Si, si, tu le mérites, concéda-t-elle avant de s'éclaircir la gorge. Je suis née en 1855 dans un petit village au pied du mont Puig Campana, non loin d'Alicante. Ma famille était modeste, mais heureuse. Nous avions un lopin de terre à cultiver et quelques bêtes. Ma mère était très douée en cuisine et, parfois, elle aidait à la taverne du coin et rentrait avec un petit cadeau pour moi et mes frères : du pain frais, des fruits et, quand cela allait vraiment bien, une douceur. Comme je l'ai dit, une famille modeste, mais heureuse également.

Manuela fit une courte pause pour reprendre son souffle.

Elle avait une voix grave et légèrement rocailleuse, presque hypnotique.

Pepe se retrouva envoûté par cette histoire, impatient d'entendre la suite.

— Nos voisins étaient un couple avec un seul enfant, et même s'ils étaient mieux lotis que nous parce que le père dirigeait une petite entreprise de textile, je n'ai jamais connu de famille plus triste que celle-là. Les parents ne s'aimaient plus depuis longtemps, et le fils en faisait les frais depuis son plus jeune âge. C'est par pitié que je suis devenu son amie, au début. Puis, avec le temps, j'ai vraiment commencé à l'apprécier. Il s'appelait Julio, et c'était un enfant sensible, au grand cœur, toujours prêt à aider les autres. Pourtant, en grandissant, il a commencé à changer. Il est devenu obsédé par l'idée de devenir riche. Dès qu'il serait assez adulte, disait-il, il irait chercher fortune à Madrid, il ouvrirait de nombreux commerces et deviendrait un homme important… Mais lorsqu'il a eu l'âge de tenter sa chance, il s'est rendu compte qu'il n'en avait pas les moyens. Alors il a continué à aider son père dans le commerce du textile, ce qui l'a rendu de plus en plus aigri et frustré. Malgré ça, mes sentiments à son égard ne changeaient pas, ils se renforçaient même avec le temps. Je savais qu'au plus profond de lui était toujours caché ce garçon doux et sensible auquel je m'étais attachée quand j'étais enfant. Puis, un jour, tout a changé.

Pepe, de plus en plus envoûté par le récit de Manuela, s'était rapproché d'elle et, sans s'en rendre compte, s'était assis au bout du lit.

— Tous ceux qui vivaient au pied du Puig Campana avaient entendu parler d'un village qui se dressait autrefois sur la crête nord et dont il ne restait que quelques ruines. Les enfants croyaient qu'il était maudit, hanté par des fantômes et habité par le monstre qui, des décennies auparavant, avait fait fuir ses habitants. Mais nous, les jeunes, pensions que c'était simplement un endroit triste et désolé, même si personne n'avait jamais eu le courage d'y mettre les pieds. Un jour de mai, Julio, qui avait eu une violente dispute avec son père à propos du travail, m'a proposé d'aller y faire un tour pour calmer sa colère. J'ai accepté, bien sûr, parce que je détestais le voir aussi malheureux. Nous avons commencé à gravir la montagne par le sentier habituel : la journée était chaude, le soleil brillait dans le ciel et l'air était plein de senteurs printanières. Il n'a fallu que quelques minutes à Julio pour oublier sa dispute avec son père et commencer à apprécier le paysage. Lorsque, au bout de presque une heure, je lui ai proposé de rentrer, il m'a défiée d'entrer dans le village abandonné. J'ai tenté de l'en dissuader, mais il n'a pas voulu entendre raison, alors je l'ai suivi.

Elle frissonna et serra la couverture brodée entre ses doigts maigres.

— Les enfants avaient raison. C'était véritablement un lieu maudit. Maudit, triste et désolé. Voilà ce que j'ai ressenti en voyant ces ruines couvertes de mousse et de plantes. Mais Julio a éclaté de rire et s'est moqué de moi. Il a assuré que seuls les idiots avaient peur et a voulu me le démontrer. Il voulait m'impressionner, murmura-t-elle tristement. Tout le monde au village savait qu'il était amoureux de moi.

— Et vous aussi, vous étiez amoureuse de lui ? demanda Pepe sans pouvoir se retenir.

Manuela sourit.

— Oh oui, je l'étais. J'avais appris à voir ce qu'il y avait de beau chez Julio et à laisser le reste de côté – chose que les autres refusaient de faire.

— Que s'est-il passé ensuite ? s'impatienta Tomás.

— J'ai refusé de le suivre. Je suis restée là, à la limite du village, tandis qu'il prenait un sentier et disparaissait au détour d'un virage.

Pepe s'agrippa au bord du lit.

— Et après… ? murmura-t-il d'un filet de voix.

— Quand il est revenu, il était euphorique. Il riait, serrant dans sa main une lourde clef en or. Il m'a dit que ses ennuis étaient terminés, que grâce à cet or, il pourrait quitter le village qu'il détestait tant et s'installer dans la capitale. Il m'a proposé de l'accompagner. Moi, je voulais savoir où il avait trouvé cette clef, s'il l'avait dérobée dans une tombe. Il m'a juré qu'il n'en était rien et j'ai voulu le croire… Nous sommes rentrés au village et nous nous sommes séparés pour la nuit. L'idée d'aller à Madrid avec lui me fascinait. Pour cela, il faudrait nous marier avant, bien sûr. J'étais heureuse auprès des miens mais je savais que tôt ou tard, il me faudrait trouver un époux et fonder ma propre famille. J'ai passé la nuit sans dormir, à réfléchir à ce que je répondrais à Julio le lendemain matin. Et quand l'aube est enfin arrivée…

Tomás laissa échapper un gémissement d'impatience et Pepe imagina qu'il se demandait probablement ce que toute cette histoire entre sa mère adoptive et son amoureux avait à voir avec lui. Pepe avait lui aussi du mal à le comprendre, mais il trouvait le récit terriblement fascinant.

— Je me suis rendue chez Julio. Sa mère était au marché avec la mienne, tandis que son père était parti à Alicante chercher un lot de tissus. J'espérais qu'ainsi nous pourrions discuter avec calme, nous comprendre… J'ai toqué, mais il n'a pas voulu m'ouvrir. Au contraire, il a tenté de me chasser en criant et en jetant des objets contre la porte close. Je ne me suis pas avouée vaincue : j'ai fait le tour de la maison, j'ai escaladé le muret à l'arrière et suis entrée dans la cuisine, comme je l'avais fait tant de fois lorsque j'étais enfant. Et… il était là, à genoux par terre, le visage enfoui entre ses mains. Un visage qui n'était plus le sien.

— Comment ça ? s'enquit Tomás. Lui aussi s'était métamorphosé ? Comme ça m'arrive à moi ?

Manuela secoua la tête.

— Non. Ce qui était arrivé à Julio n'a rien à voir avec toi, mais… ce n'était plus lui. Son regard était devenu méchant, comme celui d'une bête qui s'apprête à frapper sa proie. Ses traits étaient devenus durs, tranchants. Lui qui avait toujours été le plus beau garçon du village faisait maintenant peur. J'ai crié et reculé, dégoûtée. Il a tenté de m'arrêter, mais je suis parvenue à m'échapper. C'est la dernière fois que je l'ai vu.

— Pourquoi ? demanda Tomás.

— Parce qu'il est parti. Il a quitté le pays le jour même, et personne n'a plus jamais eu de ses nouvelles. En tout cas, pas sous le nom de Julio Alameda.

Tomás regarda la feuille qu'il tenait entre ses mains. « L.G. est revenu », lut-il.

— Le Gris, révéla enfin Manuela.

— Qui est Le Gris ? s'enquit Tomás, visiblement impatient. Et pourquoi devrais-je quitter Valence maintenant qu'il est revenu ? D'où est-il revenu, d'ailleurs ? De prison ?

Manuela sembla rapetisser sous le poids de toutes ces questions.

— Le Gris enlève les enfants comme toi, Tomás. On ne sait pas pourquoi ni ce qu'il en fait, mais aucun d'entre eux n'est jamais revenu.

— Les enfants comme moi ? répéta Tomás. Nous sommes nombreux, alors ?

Manuela acquiesça.

— Apparemment.

— Pourquoi dites-vous que vous avez sur la conscience le poids de la disparition de ces enfants? intervint Pepe. Qu'avez-vous à voir avec ce Gris?

— Je crois que Le Gris et Julio sont la même personne. Et que si je ne l'avais pas repoussé ce matin-là à cause de son apparence, tous ces enfants ne se seraient pas volatilisés.

S'ensuivit un long moment de silence qui fut finalement rompu par Pepe.

— Manuela, pardon, mais ce que vous dites n'a aucun sens. Ce n'est pas vous qui avez enlevé ces enfants, c'est cet homme, ce Gris.

— Pourquoi la Mère supérieure t'a-t-elle écrit? Que sait-elle? insista Tomás, de plus en plus agité.

— Pilar vient du même village que moi et Julio. Lorsque lui et moi sommes nés, à quelques mois d'intervalle, Pilar venait de devenir religieuse et dirigeait l'école locale. C'est elle qui remarqua mon désespoir et mon effroi après la disparition de Julio, alors je lui confiai tout. Elle m'écouta et me consola comme elle le put. Le temps passa, Pilar poursuivit ses œuvres de charité et devint très connue, même au-delà des frontières de notre province. Un jour, des années après les événements que je viens de vous raconter, elle vint me rendre visite : elle était sur le point d'être transférée à Valence, au couvent San Ignacio. Moi, je n'avais jamais voulu me marier, même si les prétendants ne manquaient pas, et elle me proposa de m'emmener avec elle, mais je savais que je n'étais pas faite pour la vie au couvent, alors, je refusai poliment. Avant de prendre congé, Pilar m'apprit qu'elle avait entendu des rumeurs à propos d'un homme qui enlevait des enfants « différents ». Elle ne me donna pas plus de détails, mais je sus tout de suite de qui il s'agissait.

— Et tu ne lui as jamais rien demandé d'autre ? la pressa Tomás, la voix vibrante d'accusation et d'incrédulité.

La honte était visible dans le regard de Manuela, et Pepe se sentit envahi par une émotion tout à fait inhabituelle chez lui.

— Des enfants différents… murmura Tomás en lançant un regard au faucon perché sur la fenêtre.

Manuela acquiesça.

— Au début, on ne comprenait pas pourquoi certains enfants disparaissaient plutôt que d'autres. Alors, Pilar commença à interroger les familles, à enquêter… D'abord, personne ne voulait parler, comme tu peux l'imaginer. Ils craignaient le jugement, non seulement des voisins, mais aussi de l'Église : une accusation de sorcellerie ou pire… Mais Pilar a toujours été une femme tenace et elle réussit finalement à comprendre que les enfants disparus avaient tous la même caractéristique que toi.

— Et ils ont disparu uniquement dans cette région ? intervint Pepe.

— Non. Aussi à Alicante, Sagunto, Azira, Barcelone…

— Tu penses que la Mère supérieure sait qui je suis ? l'interrompit Tomás. Tu crois qu'elle connaît l'identité de mes parents ? Et que pour une raison quelconque elle ne veut pas me le dire ?

Manuela secoua la tête.

— Si Pilar affirme qu'elle ne sait pas, alors elle ne sait pas.

— Et que faisais-tu chez les Trastamara la nuit de l'incendie ?

La voix de Tomás trahissait une anxiété et une impatience à deux doigts de se transformer en colère, ce que Pepe pouvait en partie comprendre. Manuela leur avait fourni des renseignements mais, en réalité, rien de ce qu'elle avait dit ne pouvait aider Tomás à retrouver sa famille.

— Je…

Elle s'abandonna sur ses oreillers, comme si l'épuisement de cette longue et pénible conversation avait brusquement eu raison d'elle. Son visage pâle se couvrit de sueur et elle se mit à haleter.

— Bon sang !

Tomás s'empressa de lui verser de l'eau et d'approcher le verre de ses lèvres, mais elle tremblait si fort à présent qu'elle ne put même pas en boire une gorgée. Le garçon se tourna vers Pepe.

— Va chercher Ester, l'herboriste. Elle est dans la roulotte d'à côté. Elle saura quoi faire. Courage, mère, chuchota-t-il ensuite d'un ton plus doux. Ça va aller.

Pepe se précipita au-dehors et alla frapper à la roulotte voisine.

— Ouvrez ! Doña Manuela se sent mal !

La porte s'ouvrit et une silhouette féminine, vêtue de noir des pieds à la tête, apparut sur le seuil.

Ester était beaucoup plus jeune que Manuela et avait de grands yeux verts et une magnifique chevelure couleur de miel qui tombait jusqu'à sa taille. Pepe n'avait jamais vu de femme aussi belle et il se retrouva bouche bée à la contempler.

— Què has dit ? demanda-t-elle en catalan.

Pepe se remit de sa stupeur et indiqua la roulotte voisine.

— Doña Manuela ! Elle va mal !

Ester marmonna quelques paroles inintelligibles, rentra dans sa roulotte et en ressortit quelques instants plus tard avec une sacoche d'où émergeaient des fioles en verre, des bandages et des instruments médicaux. Elle entra dans la roulotte de Manuela, et Pepe l'entendit se disputer vivement avec Tomás, qui apparut sur le seuil dès que les voix se furent calmées.

La lettre de la Mère supérieure toujours serrée dans la main, le garçon descendit les marches de bois, tête basse. Il jeta un coup d'œil distrait à Pepe.

— J'ai besoin d'être seul.

Le faucon abandonna le rebord de la fenêtre et alla se poser sur l'épaule de Pepe.

— Tu en es sûr ?

Tomás acquiesça et s'éloigna, quittant la zone des roulottes pour aller se mêler à la foule des étrangers en quête de frissons et de divertissement.

CHAPITRE 9

— **Tu as l'air pensive**. Quelque chose ne va pas ?

Assise à la table du dîner en compagnie de Mariano, Amparo grignotait du bout des lèvres un morceau de pain, l'esprit ailleurs. Elle réprima l'envie d'exprimer ses propres doutes. Si elle le faisait, une discussion stérile s'ensuivrait, elle le savait. Son grand-père lui avait déjà fait comprendre qu'il ne voulait pas parler de ses parents et encore moins de leur mort.

« Peut-être qu'il ne ment pas », se dit Amparo. « Peut-être que mes parents ont vraiment péri en mer. » Mais la rencontre avec Tomás avait réveillé des souvenirs, des images enfermées au plus profond de sa mémoire, et elle devait leur donner un sens, sans quoi elle ne trouverait jamais la paix.

— Je suis fatiguée, c'est tout, répondit-elle. Je peux aller me coucher ?

Mariano jeta un coup d'œil perplexe à sa petite-fille, tirant une longue bouffée de sa pipe.

— D'accord. Je débarrasserai, ne t'en fais pas. Ensuite, j'irai à l'atelier limer un bout de bois pour la falla, ils l'assembleront demain. Si tu as besoin de moi, tu sais où me trouver.

Amparo acquiesça, monta l'escalier à la hâte, puis gagna sa chambre. Elle s'étendit sur son lit et ferma les yeux, essayant de mettre de l'ordre dans ses pensées.

Cependant, son esprit refusait de se calmer et des images obscures et confuses lui emplissaient la tête. Plutôt que de les mettre en cage, elle les laissa couler librement, tourbillonner comme des feuilles ballottées par une bourrasque de vent.

Des odeurs de brûlé et des lueurs orangées. Des voix inquiètes d'adultes, peut-être mes parents ? Je me trouve dans une petite pièce sombre, mais je n'ai pas peur, au contraire, je me sens en sécurité. Je suis chez moi. Puis la porte s'ouvre brusquement et quelqu'un ou quelque chose entre dans la cuisine, heurtant la table du déjeuner. Des assiettes tombent par terre et se brisent. C'est une bête… un chat ? Non, il est trop grand… Je cours vers lui et je me retrouve devant un museau noir éclairé par de grands yeux verts…

— Griffe ! murmura Amparo en s'asseyant tout à coup. Moi aussi j'habitais chez les Trastamara !

Ce doute qui la taraudait depuis des jours était devenu une certitude. Elle et Tomás partageaient bel et bien un passé commun.

Elle se rallongea sur le côté, les bras serrés autour de ses genoux.

« Pepe a raison : on doit à tout prix aller au domaine. »

Elle ferma les yeux, épuisée par cette journée riche en découvertes. Elle ignorait où se trouvait Tomás, à quoi il s'occupait maintenant qu'il était panthère, et espérait qu'il ne ferait pas de bêtise. Son expression, pendant que Manuela racontait l'histoire du Gris et son lien avec les enfants disparus, trahissait à la fois de la colère, de la frustration et une tristesse tellement profondes… Amparo se demanda si Tomás avait un jour été heureux dans la vie, et l'incertitude de la réponse lui noua l'estomac.

Elle remonta la couverture au-dessus de sa tête et attendit que le sommeil lui apporte quelques heures d'oubli réconfortant.

Le lendemain, un garçon maigre et pieds nus, que personne n'avait jamais vu auparavant, se présenta dans le barrio del Carmen à la recherche « du menuisier des fallas » et de sa petite-fille. Au début, les habitants du quartier regardèrent avec méfiance ce gamin à l'air rusé et l'ignorèrent. Jusqu'à ce que Tiano, le grand chien de don Sebastián, se lance à sa rencontre en remuant la queue et en le débarbouillant d'un bon coup de langue.

— Ah, bon chien. Tu te souviens de moi, alors, hein ?

Don Sebastián, qui se promenait le long de la rue, s'approcha alors de l'inconnu.

— C'est toi qui cherches Mariano et sa petite-fille Amparo ?

— En personne, señor. Et je vous jure que je n'ai pas de mauvaises intentions.

Don Sebastián sourit.

— Je m'en doute.

Il jeta un coup d'œil aux pieds nus de Pepe et demanda :

— Qu'est-il arrivé à tes chaussures ?

— Oh, ça ! La semaine dernière, je me suis bagarré avec

mes frères. Trois contre un, les lâches ! Mais je vous assure que je ne me suis pas laissé faire : ils m'ont pris mes chaussures, mais je leur ai donné une telle raclée qu'ils n'ont plus essayé de s'en prendre à moi !

Submergé par ce flot de paroles et par la fougue avec laquelle elles étaient prononcées, don Sebastián parvint tout juste à demander :

— Comment t'appelles-tu ?

— Pepe Sorolla, señor. Pour vous servir.

— Viens avec moi. J'ai une paire de chaussures qui appartenait à mon fils. J'habite justement en face de chez Mariano et de sa petite-fille. Là, dans le fond, tu vois ? La porte près de ce mendiant assis par terre.

Pepe acquiesça.

—Vous êtes mon bienfaiteur ! Je vous suis.

— Tu en as, du bagout, commenta don Sebastián en secouant la tête. Tu vas à l'école ?

— À l'école ? Pas du tout, répondit Pepe. C'est le célèbre professeur Tiberius Bennássar Marín del Cabanyal qui se charge de mon éducation. Vous le connaissez ? Il enseignait à l'université quand il était jeune. C'est un génie et un artiste. Croyez-moi.

— Je ne prendrais pas le risque de douter de tes paroles, affirma don Sebastián, mi-amusé, mi-fasciné par ce gamin chétif au caractère bien trempé. Ah, nous y voilà.

Don Sebastián ouvrit la porte d'entrée, le mendiant corpulent marmonna un salut confus et se remit à somnoler.

— Attends-moi ici, je reviens tout de suite.

L'homme disparut à l'intérieur, laissant Pepe dans la rue avec Tiano qui s'était mis à lui lécher les tibias comme s'il s'agissait de deux savoureux os de poulet. Lorsque son maître réapparut avec à la main deux solides chaussures en cuir, le chien était encore en train de déguster le garçon.

— Tiano, laisse-le tranquille ! Tu vas finir par l'user ! Tiens, ajouta-t-il à l'adresse de Pepe, essaie-les. Elles seront peut-être un peu grandes, mais avec une bonne paire de chaussettes…

Le visage du garçon s'illumina d'un grand sourire. Il enfila les chaussures et, bien qu'elles ne soient visiblement pas à la bonne taille, il remercia chaleureusement l'homme.

— Mes frères vont mourir de jalousie !

Don Sebastián s'esclaffa, puis désigna la porte de l'autre côté de la rue.

— Mariano et Amparo habitent là. Mais je crois qu'il est à l'atelier et qu'elle se repose. Tu sais, elle n'est pas en bonne santé, pauvre petite. Elle ne supporte pas le soleil. Je ne l'ai pas vue depuis hier soir.

Pepe sortit un papier de la seule poche non trouée de son pantalon.

— Il faut juste que je lui laisse ça.

— Alors, glisse-le sous leur porte, suggéra don Sebastián. Je te dirais bien de me le confier, mais Tiano mange n'importe quoi. Je ne voudrais pas que ça finisse dans son estomac.

Pepe suivit le conseil de l'homme et glissa le message sous la porte. Puis il renouvela ses remerciements et s'en alla en sautillant le long de la rue, les talons de ses nouvelles chaussures claquant joyeusement sur les pavés.

Lorsque Mariano rentra chez lui quelques heures plus tard, le faucon perché sur son épaule, il remarqua aussitôt la feuille de papier sur laquelle «Amparo» était écrit en lettres tremblantes.

Le faucon quitta son poste et vola à l'étage. Une demi-heure plus tard, dès que le soleil eut disparu derrière l'horizon pour laisser place à la nuit, Amparo dévala l'escalier en jetant un coup d'œil vers la porte. Le message était toujours là, sur le sol.

— Comme tu le vois, je n'y ai pas touché, commenta Mariano tout en coupant des oignons près de l'évier. Il t'est adressé, pas à moi.

Amparo ramassa la feuille et la déplia. Elle lut à la hâte les quelques mots tracés par Pepe de son écriture irrégulière, puis glissa le message dans la poche de sa robe.

— Je peux sortir?

Mariano termina de trancher les oignons et les transféra dans un vieux bol ébréché.

— Tu ne veux pas dîner?

— Je prendrai quelque chose dans la rue, répondit-elle. Il y a la charrette de churros au coin de la calle San Ramón, se rappela-t-elle soudain. Je voudrais m'y rendre avant d'aller voir les stands.

— Avec la personne qui t'a envoyé ce message? s'enquit Mariano.

Amparo acquiesça.

Mariano poussa un profond soupir, puis céda :

— Très bien, vas-y. Mais ne sois pas en retard. Hier, les offrandes de fleurs ont commencé sur la plaza de la Virgen et toute la province s'est retrouvée en ville. Sois prudente.

Amparo prit sa cape couleur de sauge au crochet près de la porte.

— D'accord. Je reviens de bonne heure, promis.

Mariano lui sourit.

— À plus tard.

La jeune fille sortit de la maison. La falla du barrio del Carmen avait enfin été montée, et le quartier était rempli de curieux venus d'autres parties de la ville pour l'admirer. Ce n'est qu'à ce moment qu'Amparo réalisa qu'il ne manquait plus qu'une journée avant la nuit du 19 mars, durant laquelle toutes les fallas de la ville seraient incendiées, à l'exception des gagnantes. En temps normal, cette idée l'aurait emplie d'excitation et d'enthousiasme, mais son esprit était ailleurs.

Elle salua don Sebastián, assis sur sa chaise en bois, occupé à observer la foule et à échanger quelques mots avec des passants de sa connaissance, Tiano à ses pieds. Amparo remarqua que la large silhouette du mendiant n'était pas là. Peut-être qu'après tant d'années, il avait décidé de changer de quartier.

Elle se faufila dans la foule et atteignit la calle Caballeros, puis la plaza de la Virgen. La gigantesque construction en bois de la Vierge avait été presque entièrement recouverte de fleurs, et un parfum âcre et intense flottait dans l'air, se mêlant à l'odeur des churros frits vendus par des marchands ambulants.

Amparo traversa la place, passant sous le clocher de la cathédrale, jusqu'à l'étroite calle de la Barchilla. Pepe l'attendait un peu plus loin, sous l'arche du même nom.

Dès qu'il la vit, il sourit et agita un pied devant lui.

— Regarde-moi ça. Elles sont belles, hein ? C'est ton voisin, celui qui a le chien, qui me les a données.

Amparo remarqua que les chaussures faisaient au moins deux pointures de trop et que Pepe avait tenté de régler ce problème avec des chaussettes qui avaient l'air de gratter.

— Elles te vont bien, reconnut-elle. Où est Griffe ?

— Ben, je ne pouvais pas venir dans le centre-ville avec une panthère en laisse, n'est-ce pas ? répliqua Pepe. Il nous attend de l'autre côté du Turia. Et je me suis aussi procuré une charrette avec un mulet pour aller au domaine des Trastamara. Ces chaussures sont belles, mais elles font très mal.

Tous deux longèrent la ruelle, coupant par la partie est du barrio del Carmen. Ils atteignirent le fleuve et le traversèrent sur le pont del Real. Les majestueux jardins du même nom, avec leurs pépinières luxuriantes, s'étendaient de l'autre côté de la rue comme un gant de velours vert.

— Espérons que personne n'aura volé ma charrette, dit Pepe.

— C'est celle de ton père ?

— Oui, mais ce qui me préoccupe, c'est plutôt la réaction de Tomás – Griffe, comme tu l'appelles – si on nous la piquait. Je ne comprends pas grand-chose aux bêtes, mais je sens qu'il est très nerveux.

— Ça ne m'étonne pas, vu ce qu'il a découvert, dit Amparo. Je me sens coupable. Si je ne lui avais pas écrit après le spectacle…

— Il n'aurait jamais su la vérité, l'interrompit Pepe. Mais aurait-il vraiment été plus heureux ?

— Ses parents l'ont déposé dans un couvent, puis la famille qui l'a adopté l'a abandonné au beau milieu d'un incendie... résuma Amparo.

— Nous ne savons pas si les choses se sont vraiment déroulées comme ça, nuança Pepe. Et, de toute façon, même si tu ne l'avais jamais rencontré, Tomás aurait toujours été tourmenté par ces deux questions : « Qui étaient mes parents ? » et « D'où est-ce que je viens ? » Toi, tu lui as donné l'opportunité de trouver les réponses.

— Je l'ai fait avant tout pour moi, avoua Amparo. Au début, en tout cas.

— Mais maintenant, tu le fais aussi pour lui, non ?

Amparo acquiesça.

Pepe sauta au-dessus d'un tas de fumier et fronça le nez.

— Viens, il faut traverser.

Ils laissèrent les jardins del Real derrière eux et empruntèrent une route moins fréquentée.

— Pour en revenir à Tomás, reprit Pepe, je l'ai trouvé ce matin devant chez moi. Il avait une tête... On aurait dit qu'il était venu pour me flanquer une raclée ! D'ailleurs, mes frères étaient sur le point de s'en prendre à lui.

— C'était gentil de leur part de vouloir te défendre, non ?

— Cette bande de monstres ? répliqua Pepe. Eux peuvent me flanquer une raclée quand ils le veulent, mais si quelqu'un d'autre ose le faire... Mais bon, je suppose que c'était effectivement gentil... De toute façon, Tomás n'était pas venu pour me frapper, mais pour me demander d'aller au domaine des Trastamara ce soir. Et nous y voilà. Parfait, la charrette est toujours là et je vois aussi le mulet ! Quant à la panthère, elle doit être quelque part dans le coin.

Pepe avait attaché la bête devant une auberge bien éclairée. En voyant son maître, le mulet se mit à braire.

— Doucement, Merluche, doucement, le réprimanda le garçon en le détachant. Ne nous faisons pas remarquer.

— Tu as appelé ton mulet Merluche ? demanda Amparo. Mais pourquoi ?

— Parce qu'il s'amuse à faire le mort, expliqua Pepe. Si tu savais le nombre de fois où, quand je suis allé le chercher dans la cour, je l'ai trouvé étendu par terre, les pattes levées en l'air, raides comme des bouts de bois ! On dirait un merlu dans le fleuve, le ventre hors de l'eau.

Amparo éclata de rire.

— Il n'y a que toi qui pouvais penser à un nom pareil.

À ce moment, le propriétaire de la taverne, un homme d'une cinquantaine d'années, sortit dans la rue. Il portait un tablier marron sur lequel était brodé le nom de l'établissement, Barbacana. Les mains sur les hanches, il s'adressa à Pepe :

— Deux types ont essayé de te la chiper, cette charrette, raconta-t-il. Tu aurais dû voir les morsures que ta bestiole leur a infligé pour se défendre ! Elle a presque arraché un doigt à l'un d'entre eux.

Pepe gratta le museau du mulet.

— Tu es un vrai Sorolla, toi. Bravo !

Le tavernier se fit sérieux.

— Je ne sais pas où vous comptez aller, mais soyez prudents. Ça grouille de gredins par ici.

Pepe et Amparo montèrent dans la charrette.

— Bien sûr, señor. Bonne soirée, répondit Pepe.

Puis il chuchota à l'oreille d'Amparo :

— Je défie quiconque de trouver un groupe de gredins pire que le nôtre.

Le mulet se mit en route à son rythme lent – mais régulier. Ils laissèrent la ville derrière eux et s'engagèrent sur un chemin de terre battue bordé de maisons de plus en plus rares et mal éclairées.

— J'ai des lanternes, murmura Pepe en arrêtant la charrette.

Dans l'obscurité, on entendit le frottement d'une allumette, et une lanterne rouillée s'illumina.

— Tiens-la, moi, j'en ai une autre.

— Mais où est Griffe? demanda Amparo en regardant autour d'elle.

À ce moment, quelque chose de lourd sauta à l'arrière de la charrette. Amparo poussa un cri involontaire. En se retournant, elle découvrit la panthère.

— Le voilà, commenta Pepe en remettant la charrette en marche.

La route de campagne était déserte et dépourvue de signalisation, mais Pepe semblait certain de la direction qu'ils avaient prise. Sentant la perplexité d'Amparo, il lui indiqua la route devant lui.

— Là-bas, c'est Benimaclet. Le domaine des Trastamara, ou ce qu'il en reste, se trouve juste après.

Ils poursuivirent un moment en silence, puis Pepe se racla la gorge.

— Je ne te l'ai jamais demandé, mais quand est-ce que...?

Il s'interrompit quand Amparo le regarda.

— La première fois que... tu... bredouilla-t-il à nouveau.

— Ça ne fait pas si longtemps. J'avais huit ans. Heureusement, c'était le printemps.

— Pourquoi ?

— Parce que je n'étais pas encore sur le chemin de l'école, expliqua-t-elle patiemment. Le soleil s'était levé à six heures et demie et je venais de sortir de mon lit pour prendre mon petit déjeuner. Alors, je me trouvais chez moi, seule, avec mon grand-père. Si c'était arrivé en hiver, quand le soleil se lève plus tard, je me serais sûrement trouvée dans la rue, et là...

Amparo laissa sa phrase en suspens et Pepe mit quelques instants à formuler la question suivante.

— Comment a réagi ton grand-père ?

— Au début, il n'a rien fait, il s'est contenté de me regarder. Moi, j'étais tellement... effrayée. Non, « effrayée » est bien en dessous de la réalité. J'ai commencé à voltiger dans toute la maison, me cognant contre les poutres et les murs... Je ne reconnaissais plus mon corps, j'avais l'impression que mes bras et mes jambes étaient toujours là, alors que je n'avais plus que des pattes et des ailes...

Pepe acquiesça, l'air pensif.

— Au Cabanyal, il y a un monsieur qui a eu une jambe coupée par sa charrue. Il doit avoir dans les quatre-vingts ans. De temps à autre, je m'arrête pour bavarder avec lui, il a toujours un tas d'histoires intéressantes. Bref, une fois, il m'a raconté quelque chose dans le genre. Parfois, quand il se réveille la nuit, il a l'impression de sentir sa jambe, même si elle n'est plus là.

— C'est une sensation horrible, crois-moi.

— Ensuite, que s'est-il passé ?

— Au bout d'un certain temps, mon grand-père a réussi à m'attraper, il m'a serrée contre lui et m'a chanté une chanson en me caressant les ailes. J'ai réussi à me calmer, même si les heures suivantes ont été une véritable torture. Je ne savais pas que je redeviendrais moi-même au coucher du soleil. Et mon grand-père non plus ne pouvait l'imaginer.

— C'est comment, voler ?

Amparo sourit.

— C'est… c'est…

Elle s'interrompit, secoua la tête et reprit :

— C'est la liberté. Je ne vois pas d'autre manière de le décrire. Mais c'est aussi la solitude. En tout cas, en ce qui me concerne. La plupart des oiseaux volent en groupe, pas les faucons.

Elle haussa les épaules puis ajouta :

— Je sens que c'est mon destin.

— Quoi ?

— Être seule. Sous cette forme et l'autre.

— Tu as dit que tu allais à l'école.

— Exact. J'allais. Au passé.

— Tu avais des amies ?

Amparo pensa à Emilia, Renata et Mireia. Surtout à cette dernière qui, des trois, avait toujours été sa meilleure amie, celle avec qui elle avait grandi depuis que Mariano l'avait accueillie chez lui.

— Quelques-unes.

— Et tu ne leur as pas raconté ce qui t'arrivait ?

Amparo secoua la tête.

— Pourquoi ?

— Elles n'auraient pas compris. Elles auraient eu peur.

— Au début, c'est sûr. Mais ensuite… peut-être auraient-elles compris. Moi, je l'ai fait.

— Toi, tu es spécial.

À ces mots, Pepe bomba le torse, ragaillardi.

— N'est-ce pas ?

Puis il reprit son sérieux.

— Elles ne te manquent pas ?

— Peut-être. Mais tout compte fait, être seule a ses avantages, répondit Amparo. Et c'est confortable : tu ne risques pas d'être blessée ou de faire du mal aux autres.

Pepe prit le temps de réfléchir.

— Ne le prends pas mal, mais cette solution me paraît un peu…

— ... lâche ?

— Ben… oui.

— Quand je serai plus âgée, je changerai peut-être d'avis… murmura-t-elle, d'un ton peu convaincu.

Le voyage se poursuivit en silence jusqu'au village de Benimaclet, un petit groupe d'habitations rassemblées autour d'une église décorée pour la fête. Ils le traversèrent sous les regards perplexes de ses habitants, manifestement peu habitués à la présence d'étrangers. Griffe resta tapi au fond de la charrette, invisible sur les planches sombres.

La route s'enfonça ensuite dans une plaine couverte de champs. Un peu plus loin, contre le ciel bleu cobalt éclairé par un croissant de lune particulièrement brillant, se détachait une masse noire et informe.

— C'est le parc du domaine, expliqua Pepe. Il y a un portail, mais lorsque mes frères y sont allés il y a des années, ils ont trouvé la chaîne et le cadenas brisés. Ça m'étonnerait qu'on les ait remplacés entre-temps.

Ils arrivèrent enfin devant l'ancien domaine des Trastamara. Le parc était entouré d'un haut mur de brique, ponctué de statues de lions ailés au profil impérieux. Pepe arrêta la charrette devant la grille, en descendit et attacha Merluche à l'un des anneaux de fer scellé dans l'enceinte. Amparo le suivit, tandis que Griffe bondissait silencieusement au sol.

Tenant les lanternes bien haut devant eux, Pepe et Amparo ouvrirent les deux battants et se faufilèrent à l'intérieur de la propriété, suivis par la panthère.

Un sentier pavé serpentait parmi ce qui, autrefois, avaient dû être des parterres de fleurs bien entretenus, mais qui à présent n'était plus qu'un fouillis de ronces.

Amparo remarqua une fontaine circulaire à quelques pas du sentier. Plus loin, elle aperçut un kiosque en fer sous lequel la famille Trastamara avait dû passer d'innombrables après-midi d'été à siroter de la horchata.

— Voilà la maison, murmura Pepe un instant plus tard.

La tourelle apparut soudain derrière la silhouette d'un haut cyprès. Amparo s'immobilisa, interdite : ses narines s'emplirent d'une fumée imaginaire et ses oreilles de cris confus. Elle plissa les yeux.

Pepe ralentit.

— Tout va bien ?

Amparo acquiesça.

— Oui. La tourelle m'a rappelé des souvenirs. J'étais ici, la nuit où le domaine a brûlé. J'en suis certaine.

Pepe regarda Griffe qui se déplaçait comme une ombre auprès d'eux.

— Le fait que vous ne soyez jamais humains en même temps est très ennuyeux. Si vous pouviez avoir une bonne discussion, la moitié de nos problèmes seraient déjà résolus.

Le sentier débouchait sur un large terre-plein semi-circulaire, orné d'amphores qui servaient de jardinières, et surplombé par la demeure des Trastamara.

L'incendie l'avait en grande partie dévorée, pourtant la bâtisse dégageait toujours une impression de richesse et de grandeur. À mi-chemin entre une résidence de campagne typique et un hôtel particulier, la demeure Trastamara était parée d'une tourelle carrée dont on pouvait encore apercevoir les ornements autour des fenêtres et des balcons, malgré l'obscurité et les dégâts causés par les flammes.

Amparo, Pepe et Griffe s'approchèrent prudemment de la grande porte en bois de la demeure. Les battants étaient légèrement entrouverts, et Pepe, après avoir adressé un regard à la panthère, comme pour s'assurer qu'elle était encore là avec eux, les ouvrit d'un coup de pied.

— Espérons que cet endroit n'est pas vraiment hanté, murmura-t-il.

Le vestibule était carré, avec un spectaculaire escalier de marbre qui l'enveloppait comme dans une étreinte. Un lustre de cristal accroché à une chaîne massive se balançait au-dessus de leurs têtes, reflétant le clair de lune qui filtrait à travers les fenêtres.

Amparo regarda autour d'elle et secoua la tête.

— Cet endroit ne me rappelle rien.

— On vient juste d'entrer, attends un peu, rétorqua Pepe en s'approchant d'une commode adossée à un mur. Il ouvrit l'un des tiroirs et leva sa lanterne pour éclairer l'intérieur.

— Regarde-moi ça… murmura-t-il en faisant disparaître quelque chose dans la poche de son pantalon.

— Pepe, le réprimanda Amparo. Je n'aime pas ça.

— Je ne prends que le strict minimum, se justifia-t-il. Je ne veux pas devenir riche, je veux seulement m'acheter une bonne paire de chaussures – non pas que celles-ci ne soient pas belles – et faire en sorte que mon père n'ait pas à trimer quinze heures par jour à la boutique. Tu sais, la plupart de ses clients ne le paient pas.

Devant le regard interrogateur d'Amparo, Pepe hocha farouchement la tête.

— Eh oui. Ils lui demandent un crédit et lui, gentil comme tout, il accepte. Parfois, une riche dame du centre-ville vient et paie tout de suite, certes, mais ça n'arrive pas tous les jours.

Amparo n'eut plus envie de lui reprocher quoi que ce soit et se détourna, feignant d'ignorer ce qu'il faisait.

Entre-temps, Griffe s'était rapproché d'elle en silence.

— Tu reconnais cet endroit ? lui souffla Amparo.

La panthère remua la tête, mais la jeune fille ne sut pas trop comment interpréter ce geste.

— J'aimerais tellement que nous puissions nous parler ! explosa-t-elle, frustrée.

— C'est ce que j'ai dit il y a un instant, observa Pepe.

Griffe se dirigea vers l'escalier et Pepe la rejoignit, les poches gonflées de butin. Amparo, elle, resta immobile.

— Tu ne montes pas ? demanda-t-il.

Elle secoua la tête.

— Non. Je ne suis jamais venue dans cette maison avant aujourd'hui, j'en suis certaine maintenant. Je veux sortir d'ici.

— Bon, alors, je ne vais pas te laisser errer seule dans cet endroit, déclara Pepe. Il y a toujours un fantôme dans les parages.

La panthère disparut dans l'escalier, tandis que Pepe et Amparo retournaient dans le jardin. Avec prudence et en prenant garde où ils posaient les pieds, ils firent le tour de la demeure.

— Là, c'étaient sûrement les écuries, commenta Pepe en désignant un bâtiment bas et rectangulaire que l'on apercevait à une cinquantaine de mètres plus loin. Ces Trastamara avaient les moyens, c'est sûr.

Amparo s'approcha lentement des écuries et, l'espace d'un instant, elle les vit en pensée, gigantesques, bien plus grandes qu'elle, presque colossales – tout aussi colossales que lui apparaissaient les sabots des chevaux imaginaires et leurs jambes puissantes.

— J'étais petite… murmura-t-elle. Tout me semblait tellement gigantesque…

Elle dépassa les écuries, et plus loin, au-delà d'une arche de pierre isolée, aperçut d'autres dépendances épargnées par les flammes. C'étaient de modestes maisons basses de deux pièces chacune tout au plus.

Comme dans un rêve, Amparo passa sous l'arche et s'avança vers la dernière maison sur la droite. Contrairement aux autres, elle disposait d'une courette à l'avant, délimitée par un mur bas et irrégulier. Une voix s'éleva dans sa tête et, à cet instant précis, elle ressentit un fourmillement au genou droit.

Tu t'es fait mal, ma chérie ?

Ne pleure pas, ça va passer.

Allez, viens, on va nettoyer le sang.

— J'habitais ici, chuchota-t-elle.

— Vraiment ?

— Oui.

— Et ton grand-père ne te l'a jamais dit ?

Amparo secoua la tête.

Elle fit le tour de la maison, examinant les fenêtres. Il y en avait trois, deux avec les vitres cassées et la dernière avec les volets condamnés. Une partie d'elle avait envie d'entrer, d'observer l'endroit où, elle en était certaine, elle avait passé du temps avec ses parents. L'autre partie redoutait ce qu'elle pourrait y trouver ou, peut-être, ne *pas* y trouver.

— Regarde, là, il y a autre chose, dit Pepe en soulevant sa lanterne. On dirait une serre…

En se dirigeant vers le bâtiment, il trébucha sur une racine et se retrouva à genoux. Sous l'impact, quelques objets dérobés dans la commode glissèrent de ses poches et s'éparpillèrent sur la pelouse en friche.

— Oh non ! Ces cuillères doivent valoir une fortune…

Il commença à fouiller l'herbe à la recherche de son trésor. Amparo détourna les yeux et se concentra sur la serre qui ne lui évoquait aucun souvenir. Ce n'était probablement pas un endroit qu'elle avait souvent fréquenté dans son enfance.

— Pepe, je crois que…

— DEHOOOOORS !

Une ombre émergea de la serre en criant et se dirigea à toute vitesse vers Pepe.

— Le fantôme ! cria-t-il, terrifié. Mes frères avaient raison !

— Attention ! s'exclama Amparo.

Mais son ami n'eut pas le temps de se relever, et l'ombre, armée d'un bâton, le frappa.

— DEHORS ! DEHORS ! DEHORS ! intima-t-elle d'une voix gutturale. ALLEZ-VOUS-EN !

Pepe encaissa deux coups de bâton avant de pouvoir réagir. Un peu à quatre pattes, un peu en courant, il réussit à échapper à son agresseur qui semblait pourtant déterminé à ne pas le laisser filer.

Tout d'abord pétrifiée, Amparo finit par ramasser un caillou par terre et le jeta contre l'ombre, manquant sa cible.

Pepe reçut un autre coup sur les jambes et cria de douleur. Amparo ramassa un deuxième caillou et courut vers eux. Lorsqu'elle fut suffisamment proche, elle le jeta sur l'agresseur et réussit à frapper sa tête dissimulée par un capuchon. L'ombre fit volte-face, hurlant de rage, et fit tournoyer le bâton comme une massue, heurtant le bras d'Amparo.

— Aïe ! s'écria-t-elle.

À ce moment, on entendit un rugissement en provenance de la maison principale. L'ombre, manifestement surprise par ce bruit, laissa tomber son bâton et recula. Amparo s'empressa de rejoindre Pepe et, malgré la douleur de son bras, l'aida à se relever.

— Griffe ! cria-t-elle en apercevant la panthère dans la végétation en friche.

Dès que la panthère émergea des buissons, l'ombre s'enfuit.

Griffe rejoignit Amparo et Pepe en deux bonds et fit mine de poursuivre le fugitif, mais la jeune fille l'en empêcha.

— Attends ! Et s'il avait un fusil ?

— Il s'en serait déjà servi, commenta Pepe en se massant le tibia. Aïe, ça fait mal…

— Je ne crois pas qu'il ait voulu nous tuer, juste nous faire peur, observa Amparo. Mais j'imagine que se retrouver face à une panthère a contrarié son plan…

— En tout cas, ne restons pas là, dit Pepe. Partons avant qu'il ne revienne. Avec ou sans fusil.

Tous deux, suivis par la panthère, quittèrent la demeure Trastamara à la hâte. Ils montèrent à bord de la charrette et Pepe fit claquer sa langue pour mettre le mulet en marche.

— Allez, Merluche. Emmène-nous loin d'ici.

Tandis qu'ils s'éloignaient le long du chemin, Amparo se retourna pour observer le mur d'enceinte et le grand portail en fer forgé. Maintenant, elle en était certaine : à une certaine époque, cela avait été sa maison.

CHAPITRE 10

BOUM. BOUM. BOUM.

— Pepe, ton ami d'hier est là.

La voix grave de don Sorolla résonna dans toute la maison, jusqu'à la boutique. Celui à qui elle était adressée, cependant, semblait ne pas l'entendre.

— Pepe !

Le garçon, recroquevillé sur son matelas au grenier, la couverture remontée sur la tête, marmonna quelques mots en guise de réponse, puis roula par terre.

— J'arrive, père, j'arrive…

Il se traîna jusqu'à la porte et se mit debout avec peine.

— Maudit fantôme…

Il invoqua quelques saints et en inventa d'autres, avant de descendre l'escalier avec la plus grande prudence : l'idée de tomber et d'ajouter une douleur supplémentaire à celles qu'il ressentait déjà le terrifiait. Et le roi du Cabanyal n'avait pas souvent peur.

Comme toujours, la boutique de don Sorolla était pleine de vie. Quatre des frères de Pepe étaient assis autour d'une table en train de prendre leur petit déjeuner, tandis que Kike et leur père se trouvaient derrière le comptoir, occupés à ranger les chorizos, les bocaux d'olives et les bouteilles de vin.

— C'est pas trop tôt ! commenta Kike en voyant Pepe. Ton ami est dehors.

— Quelle vilaine tête tu as aujourd'hui, Pepito, le taquina Alonso.

— Parce que d'habitude, elle est belle ? répliqua Geroni.

Pepe les ignora et se dirigea vers la porte. Don Sorolla le suivit du regard, préoccupé.

— Attends, fiston.

Il sortit un biscuit aux amandes d'un bocal en verre et le lui tendit.

— Mange. Tu en as besoin.

Ce cadeau inattendu provoqua un concert de protestations de la part des autres frères Sorolla, y compris de Kike.

— Père, ces biscuits viennent de Madrid, ils valent une fortune…

Don Sorolla le fit taire d'un geste de la main, et Kike haussa les épaules.

— Comme tu voudras.

— Merci, père, dit Pepe, avant d'enfourner le biscuit tout entier.

Puis il sortit de la boutique en boitant. C'était une matinée lumineuse, avec un beau ciel limpide et une brise légère qui sentait la mer et le sel. Pepe aperçut Tomás adossé au mur de la maison d'en face. Bras croisés et tête basse, il était absorbé dans ses pensées.

— Tomás, l'appela-t-il en traversant la rue.

Le garçon leva ses yeux noirs qui étaient fixés sur la poussière du chemin.

— Comment te sens-tu ?

Pepe répondit avec une mine de circonstance :

—Vivant.

— J'aurais dû le poursuivre.

Pepe haussa les épaules.

— Ce ne sont que des bleus. Ça passera. J'espère surtout qu'Amparo va bien. Hier soir, elle n'arrivait pas à bouger son bras.

— J'aurais dû le poursuivre, répéta Tomás, frustré.

— Pour quoi faire ? Le mettre en pièces ? Ça ne nous aurait pas servi à grand-chose. Et ensuite, nous aurions dû l'enterrer. Tu imagines comme cela aurait été fatiguant ?

Tomás prit un air pensif.

— Et si l'homme qui nous a attaqués était Le Gris ?

Pepe agita doucement la tête.

— Je ne crois pas. Pour moi, il avait juste l'air d'un type furieux de nous avoir surpris à l'intérieur du domaine. Peut-être est-ce un vagabond qui y a établi son camp et qui ne veut pas d'étrangers dans les pattes.

— Possible, concéda Tomás sans grande conviction.

Pepe se frotta le flanc.

—Tu as trouvé quelque chose quand tu es monté à l'étage ? Chez les Trastamara, je veux dire.

Tomás acquiesça.

—J'ai pu entrer dans deux chambres, puis je vous ai entendu crier et je suis redescendu. La première devait être une chambre d'amis, car elle plutôt vide. Tandis que la seconde…

— La seconde ? le pressa Pepe.

— C'était la mienne.

— Non ! Tu en es sûr ?

Tomás acquiesça.

— La mienne et celle de mes frère et sœur, précisa-t-il. Même si je ne devrais pas les appeler comme ça.

— Comment as-tu fait pour...? s'enquit Pepe, impatient de connaître la suite.

L'autre agita la tête.

— La forme de la pièce, la disposition des lits… Le feu en a dévoré une bonne partie, mais j'ai quand même reconnu tout ça. Mon lit était le plus grand, avec un paysage marin peint sur un côté.

Tomás laissa échapper l'un de ses rares sourires.

— C'est drôle : j'ai oublié durant quatorze ans l'existence de ce lit, mais dès que je l'ai vu… Tout m'est revenu à l'esprit, comme ça, fit-il en claquant des doigts.

— Il faudrait retourner faire un tour au couvent, observa Pepe, perdu dans ses pensées. Après ce que Manuela nous a raconté sur Le Gris, il est évident que la Mère supérieure en sait plus qu'elle ne veut bien l'admettre. Mais je crois aussi que si elle nous a caché certaines choses, c'est pour te protéger.

— Je ne veux pas qu'on me protège. Je ne suis plus un enfant et je sais me défendre. Bonne chance à celui qui voudrait m'enlever, que je sois sous ma forme de garçon ou de panthère.

Pepe acquiesça, examinant Tomás des pieds à la tête.

— C'est vrai. Mais Amparo, elle…

— Amparo, qu'est-ce qu'elle a à voir là-dedans ?

— Elle est comme toi, non ? Si ce type, Le Gris, le découvrait, il pourrait essayer de l'enlever. Et elle n'est pas forte comme toi. Au contraire, elle est plutôt maigrichonne. Et, crois-moi, j'en connais un rayon, sur les gens maigrichons.

Tomás sembla frappé par cette soudaine évidence.

— Alors, je ne devrais plus m'approcher d'elle.

— Elle le prendra mal, observa Pepe. Toi, tu essaies de découvrir tes origines, elle, ce qui est arrivé avant que son grand-père ne la recueille quand elle avait deux ans. Et on sait maintenant que vous partagez une partie de votre passé. Elle ne te laissera pas lui tourner le dos.

— Je ne veux pas lui tourner le dos, mais je ne peux pas être vu avec elle si cela signifie la mettre en danger.

— Je suis d'accord sur ce point. Je ferai donc l'intermédiaire entre vous.

Tomás dévisagea attentivement Pepe.

— Pourquoi est-ce que tu veux encore nous aider ? Tu n'as pas volé ce que tu voulais chez les Trastamara, la nuit dernière ?

Pepe se gratta le tibia de l'autre pied.

— Cette histoire me passionne. Et puis, je vous l'ai déjà dit, sans moi, vous seriez perdus. Je connais tout le monde en ville. Je suis…

— ... le roi du Cabanyal, je sais, je sais.

Tomás s'écarta du mur et demanda :

— Alors, qu'est-ce qu'on fait ? On retourne au couvent ?

— Oui. Mais les gens de la foire ne vont pas trouver tes absences bizarres ? Tu as déjà manqué le spectacle d'hier soir.

— J'ai dit que j'étais malade, dit Tomás.

— Et ils t'ont cru ?

— Je suis l'attraction la plus rentable du Repaire de la Magie. Mieux vaut ne pas me contrarier, tu ne crois pas ?

Pepe leva les mains.

— Dit comme ça… Allons-y, alors.

Ils se dirigèrent vers le centre-ville, longeant les rues ensoleillées et animées du quartier. Ils traversèrent un marché bondé, zigzaguant entre les vendeurs de fruits et légumes, les rouleaux de tissu, les poteries de formes et de tailles diverses, et les articles de pêche.

De temps à autre, ils tombaient sur une falla de haute taille, entourée de badauds et de touristes, et ne pouvaient s'empêcher de ralentir pour l'admirer.

— Personne ne s'est jamais douté de rien ? demanda Pepe alors qu'ils laissaient derrière eux la falla de la calle Matías Perelló. À propos de ta véritable nature, je veux dire.

Tomás secoua la tête.

— Non. Ils pensent tous qu'il s'agit d'un tour de prestidigitation inventé par ma mère et moi. La seule à savoir la vérité est Ester, mais elle ne la révélerait jamais à personne. Elle est très dévouée à Manuela.

— Pourquoi ?

— Les parents d'Ester travaillaient au Repaire de la Magie, mais, il y a une vingtaine d'année, la structure s'est effondrée lors d'un passage de la foire à Madrid, et ils sont morts tous les deux. Ce fut une véritable tragédie, plus de quinze autres personnes ont péri. Ester n'avait pas de famille en dehors de ses parents, alors Manuela l'a recueillie. Et une dizaine d'années plus tard, je suis arrivé.

— Alors, Ester est comme une grande sœur pour toi.

Tomás acquiesça.

— Mais on ne s'entend pas très bien.

— Ah ! s'exclama jovialement Pepe. Le contraire serait bizarre. Et j'en connais un rayon, en matière de grands frères.

Tomás esquissa un sourire.

— Mais quand même, ce n'est pas risqué d'être vu par tout ce public chaque soir ? insista Pepe.

— Pas du tout. C'est le meilleur moyen de faire croire qu'il n'y a rien à cacher.

Pepe ne semblait pas vraiment convaincu par ce raisonnement, mais il laissa tomber le sujet. Les deux garçons atteignirent la route d'Almàssera. C'était le jour de la Cremà, durant lequel toutes les fallas, à l'exception des gagnantes, devaient être brûlées. Valence était pleine comme jamais d'étrangers, de campagnards venus rendre visite à des parents de la ville et de commerçants à la recherche d'affaires à conclure.

Pepe et Tomás n'eurent aucun mal à trouver quelqu'un qui accepte de les transporter : ils montèrent sur la charrette d'un jeune couple de paysans, de retour chez eux après avoir livré des œufs et de la volaille à plusieurs auberges du centre. Tous deux, joyeux et bavards, discutèrent sans arrêt avec Pepe, qui semblait ravi d'avoir trouvé des interlocuteurs appréciant autant son bagout. Tomás, lui, s'isola à l'arrière, les bras croisés et le regard perdu dans le vide.

— Merci pour le trajet et bon retour chez vous ! s'exclama joyeusement Pepe lorsque le couple les déposa peu avant le couvent.

— Oui, merci, dit Tomás en descendant de la charrette.

Les deux paysans saluèrent chaleureusement Pepe avant de reprendre leur route.

— Jusqu'ici, tout a été comme sur des roulettes, commenta Pepe en époussetant son pantalon. Le plus difficile est à venir.

Ils atteignirent le couvent, mais au lieu de se diriger vers la grille de l'entrée comme la première fois, ils contournèrent l'enceinte à la recherche d'un autre accès.

— Il y en a forcément un, déclara Pepe.

— Pourquoi en es-tu aussi sûr ? s'enquit Tomás.

— Tu te rappelles à quel point le hall d'entrée du couvent était propre ?

— Sincèrement, non.

— Eh bien, moi, si : je peux t'assurer qu'aucune botte boueuse ou crottée ne passe sur ce sol, pas plus que des paniers de légumes. Et j'imagine que même les nonnes doivent manger. Il y a forcément une porte de service quelque part.

Pepe parcourut encore dix mètres, puis pointa le doigt en direction d'une modeste porte en bois.

— Qu'est-ce que je t'avais dit ? J'ai toujours raison.

Le roi du Cabanyal s'approcha de la porte avec l'air triomphant. De chaque côté étaient empilées des caisses en bois avec, au fond de chacune, des restes de fruits et de légumes. Deux chats galeux rôdaient autour, dans l'attente d'un butin plus appétissant.

— Toi, tu restes ici, ordonna Pepe à Tomás. Moi, je sais comment amadouer les sœurs.

Tomás l'arrêta.

— Attends. Explique-moi ce que tu as l'intention de faire.

— Aller fouiller le bureau de la Mère supérieure.

— Tu es fou !

— Peut-être, mais elle ne nous recevra sûrement pas une deuxième fois. Et même si elle le faisait, elle ne nous dirait rien de plus que ce qu'elle a déjà fait. Maintenant, sois sage et laisse-moi faire.

CHAPITRE 11

CHAPITRE 12

LORSQUE TOMÁS VIT PEPE émerger des cuisines du couvent avec deux gros livres sous le bras, il en resta bouche-bée.

— Mais, qu'est-ce que…

—Vite, vite ! s'écria Pepe.

Il plongea comme un lièvre parmi les buissons sauvages, puis se mit à courir à perdre haleine à travers le terrain aride.

—Viens ! lança-t-il encore.

Une fois sa stupeur passée, Tomás lui emboîta le pas. Tous deux coururent un bon moment et ne s'arrêtèrent que lorsque Pepe fut certain de n'avoir aucune religieuse furieuse à ses trousses.

— Tu sais que voler, c'est mal, n'est-ce pas ? commença Tomás, alors qu'ils s'asseyaient au pied d'un cyprès pour reprendre leur souffle.

— Ce n'est pas du vol ! rétorqua vivement Pepe. C'est seulement un emprunt, ajouta-t-il en soulevant l'un des livres. Et de toute façon, le Très-Haut et moi, fit-il en pointant le pouce vers le ciel, nous nous comprenons. Je lui expliquerai tout quand mon heure viendra. À présent, voyons un peu s'il y a quelque chose d'intéressant, là-dedans.

— Où les as-tu trouvés ?

— Cachés dans un tiroir du bureau de la Mère supérieure. Ils pèsent une tonne…

Pepe ouvrit le premier des deux volumes.

— Mmmh… Celui-ci ressemble à un livre de comptes.

Tomás se pencha pour examiner les pages.

— « Dépenses pour la rénovation du réfectoire en date de mars 1897… », lut-il.

Pepe le feuilleta rapidement jusqu'à la fin, puis le mit de côté.

— Des comptes et encore des comptes. Jetons un coup d'œil à l'autre.

Il prit le deuxième volume et l'ouvrit. Les deux premières pages étaient vierges, mais sur la troisième, dans une écriture alambiquée, pleine de gribouillis et de fioritures, figurait :

REGISTRE DES ABANDONS

Pepe regarda Tomás avec un sourire de triomphe.

— Qu'est-ce que je t'avais dit ?

— Ça m'embête un peu de l'admettre, mais je commence à penser que tu es un génie.

L'autre s'esclaffa et se mit à parcourir les pages.

—Voyons si on y comprend quelque chose, même si cela ne semble pas compliqué : tout est plutôt ordonné. « Date, sexe, âge, notes », lut-il. « 18 mars 1854, garçon, quatre semaines. Mère décédée, père malade, aucun parent en vie. » Le pauvre…

— Va à 1900, l'incita Tomás. J'ai sûrement été laissé au couvent cette année-là.

Pepe feuilleta le registre.

— Tant d'écritures différentes… observa-t-il. Voilà, décembre 1899… janvier 1900 !

Les deux garçons examinèrent les pages avec attention.

— La Mère supérieure était très précise, remarqua Pepe. Tu as vu toutes ces annotations et ces commentaires ?

Tomás acquiesça, sans quitter les pages des yeux.

— J'espère qu'elle aura noté quelque part ma tache de naissance. Sinon, je ne sais pas comment je ferai pour me reconnaître parmi tous ces enfants abandonnés.

— « Février 1900 ; garçon, sept semaines, cheveux bruns, yeux bleus ; mère et père vivants, mais indigents »…

Pepe leva les yeux vers Tomás.

— Ça veut dire quoi, « indigents » ?

— Très pauvres, répondit Tomás à la hâte. Que dit la suite ?

Pepe reprit sa lecture.

— « Résidant à Massamagrell »… J'ai déjà entendu ce nom, c'est un village des environs.

— Il y a autre chose après, remarqua Tomás. Dans la marge.

Pepe plissa les yeux.

— Je n'arrive pas à lire…

— Fais voir.

Tomás lui prit le registre des mains et l'approcha de son visage.

— « Ne pas faire adopter. »

— Qu'est-ce que ça veut dire ?

Tomás fronça les sourcils et essaya de déchiffrer les termes suivants.

— « Oct. 00 – rest. »

Il réfléchit un moment.

— « Octobre 1900 – restitué », comprit-il. Cela signifie que les parents ont laissé l'enfant au couvent temporairement et qu'ils sont revenus le chercher en octobre de cette année-là.

Tomás continua à parcourir la liste, s'arrêtant chaque fois qu'il lisait le mot « garçon ». Plus le nombre de pages défilait, plus la frustration de Tomás augmentait.

— Là, ça pourrait être moi, explosa-t-il un peu plus tard. « Garçon de cinq semaines, yeux et cheveux foncés, parents décédés, amené par une connaissance », lut-il. Ou celui-ci : « Garçon de neuf semaines, cheveux noirs, yeux marron. » Ici, on ne dit même pas qui l'a amené !

Tout en secouant la tête, Tomás passa le volume à Pepe, se leva et se mit à faire les cent pas.

— C'est une perte de temps. Je ne découvrirai jamais qui je suis. Et puis quelle importance, de toute façon ? Je me suis retrouvé dans ce couvent, soit parce que mes parents sont morts, soit parce qu'ils étaient trop pauvres pour prendre soin de moi. Tellement pauvres qu'ils n'ont même pas envisagé de revenir me chercher.

Tomás donna un coup de pied rageur dans un caillou qui alla heurter le tronc d'un arbre.

— Bien sûr, bien sûr, murmura distraitement Pepe, continuant à parcourir les pages.

Plusieurs secondes s'écoulèrent durant lesquelles Tomás continua à déverser sa frustration sur des cailloux et des troncs, tandis que Pepe, toujours absorbé dans sa lecture, l'ignorait.

— Il faudrait le rendre tout de suite, dit brusquement

Tomás. Le registre. Il ne nous sert à rien, mais il pourrait être utile à quelqu'un d'autre…

— Si tu arrêtais de jacasser et que tu me laissais me concentrer… s'emporta Pepe. Voilà !

Il tapa une page de sa main.

— Je te l'ai déjà dit : tu dois garder espoir. Regarde là : « Garçon, neuf semaines, cheveux bruns, tache de naissance sous l'aisselle »…

— Ma tache n'est pas sous l'aisselle…

— Parce que depuis, tu as grandi, et la tache a dû s'allonger et se déplacer un peu ! s'exclama Pepe, exaspéré. Et puis, regarde ce qui est écrit ici !

Tomás retourna s'asseoir auprès de Pepe et lui prit le registre des mains.

— « Père décédé ; mère en vie. Sagunto. Ne pas faire adopter. » Ne pas faire adopter : alors, ma mère voulait revenir me chercher !

Il se mordit la lèvre et Pepe acquiesça fougueusement.

— Tu vois ?

— Mais pourquoi est-ce qu'elle ne l'a pas fait ? Pourquoi est-ce que j'ai échoué chez les Trastamara ?

— Peut-être… Peut-être que, entre-temps…

— Elle a pu mourir, oui.

Tomás fixa les quelques mots tracés à l'encre.

— Sagunto. C'est donc de là que je viens. Et c'est là que je veux aller.

Pepe acquiesça encore.

— Bonne idée. On part tout de suite ?

Tomás lui adressa un regard perplexe.

— Pourquoi veux-tu m'accompagner ?

— Tu sais comment te rendre à Sagunto ?

— Non, mais je demanderai à quelqu'un de m'y emmener.

— Mais oui, bien sûr. C'est vrai que tu as la tête de quelqu'un qu'on a envie d'emmener sans s'inquiéter, ironisa Pepe. Tu sembles en colère contre le monde entier, et tu as toutes les raisons de l'être, je le comprends. Mais je ne pense pas que quelqu'un acceptera de te faire monter sur sa charrette avec ta mine lugubre. Moi, c'est différent, dit-il en arborant un sourire radieux. Impossible de me résister.

— Tu es fou. Je te l'ai déjà dit, n'est-ce pas ?

— Est-ce qu'on ne l'est pas tous un peu, au fond ?

Tomás soupira.

— Quelle est la distance d'ici à Sagunto ?

Pepe réfléchit.

— Une fois, mon père et Kike sont allés chercher un panier de ximos chez un boulanger de là-bas…

— De ximos ?

— Ce sont de petits pains frits, expliqua rapidement Pepe. Tu ne connais vraiment rien à rien, hein ? Bref, ils sont partis avec la charrette et ont mis près d'une heure et demie à y arriver. Sauf que, aujourd'hui, on ne peut pas prendre la charrette de mon père, parce que Bartomeu et Nofrem doivent s'en servir. Ils en ont parlé hier. Donc, nous allons suivre la rivière jusqu'à ce qu'elle croise la route de la mer : elle est très fréquentée, et nous trouverons sûrement quelqu'un pour nous emmener.

— D'accord, consentit Tomás, l'air épuisé.

Les deux garçons se levèrent. Serrant le registre sous son bras, Pepe ramassa le second volume.

— Je vais les remettre à leur place.

— Comment ? En passant à nouveau par la cuisine ? Les nonnes vont te faire rôtir si elles t'attrapent.

— Ne t'en fais pas. Retrouve-moi au mont d'Almàssera dans vingt minutes. Tu te rappelles comment y arriver ?

Tomás acquiesça, et Pepe s'éloigna d'un pas résolu, puis disparut parmi les buissons.

CHAPITRE 13

Pepe et Tomás arriverent à Sagunto à l'heure du déjeuner. Le soleil était haut dans le ciel, mais des rafales de vent provenant de la mer rafraîchissaient l'air.

— Nous y voilà, déclara l'homme aux rênes de la charrette.

Il s'était proposé de les déposer en les voyant marcher le long de la route inondée de soleil. Il transportait un volumineux chargement de céramiques, et les deux garçons avaient dû se serrer près de lui. Mais l'inconfort du voyage avait été compensé par la vitesse : en effet, la charrette du commerçant n'était pas tirée par un mulet, mais par un beau cheval robuste qui avait trotté d'un pas allègre tout le long du trajet.

Pepe sauta sur la route.

— Merci, señor. Nous vous souhaitons une bonne journée !

L'homme toucha son chapeau en guise de salutation, puis, d'un léger coup de rênes, s'éloigna le long de la route qui menait au port.

Tomás leva les yeux vers la colline où se dressait le château de la ville aux murs blanchis par le soleil.

—Viens, l'appela Pepe en lui faisant signe. Cherchons une taverne et voyons si quelqu'un a envie de bavarder.

Ils entrèrent dans la petite ville en contournant la colline. Comparé au chaos qui régnait à Valence ces jours-là, Sagunto leur parut étrangement calme et silencieuse.

— Il n'y a personne dans les rues, commenta Tomás.

— Allons vers le clocher, suggéra Pepe. Là où il y a une église de bonne taille, il y a une place. Et là où il y a une place, il y a certainement une taverne.

Pour atteindre l'église, ils empruntèrent une étroite ruelle bordée de bâtiments bas enduits de blanc ou de jaune paille.

— Ici non plus, il n'y a pas âme qui vive, commenta Pepe. Ils ont tous dû courir à Valence pour voir les Fallas.

Ce n'est qu'au bout de la rue qu'ils remarquèrent une présence humaine : une femme aux cheveux gris et aux vêtements de couleurs vives, adossée à l'extérieur de ce qui devait être son atelier. Elle était occupée à peindre une grande toile posée sur un chevalet en bois.

Lorsque Pepe et Tomás passèrent devant elle, la femme leva les yeux de son travail et les examina des pieds à la tête.

— Bonjour, lança Pepe en s'arrêtant pour admirer la toile qui, à ce moment-là, avait l'apparence d'une informe étendue de bleu constellée de vert.

— Bonjour, répondit la femme sans cesser de bouger son pinceau sur la toile.

— Pouvons-nous vous demander quelque chose, señora ?

— Appelez-moi Antonia, dit-elle. Que voulez-vous savoir ?

— Voilà, nous ne sommes pas du coin… commença Pepe.

La femme étira ses lèvres minces en un sourire.

— Ça, je le vois.

—Nous sommes venus ici depuis Valence à la recherche d'informations sur un enfant de quelques semaines, disparu de cette ville en 1900. Il était orphelin de père, mais la mère devait encore être en vie au moment de sa disparition.

Cette fois, Antonia détourna les yeux de sa toile pour les poser sur les garçons qu'elle examina avec attention.

— Un enfant disparu il y a presque quinze ans ? Je ne saurais vraiment pas comment vous aider.

—Vous en êtes certaine ? intervint Tomás.

La femme hocha la tête.

Pepe lui sourit.

—Très bien. Merci quand même d'avoir pris le temps de nous écouter.

Les deux garçons parcoururent une dizaine de mètres et atteignirent la place de l'église. Comme prévu par Pepe, plusieurs commerces se trouvaient de part et d'autre de la place : une pharmacie, une épicerie et une taverne avec quelques tables dans la rue.

Tomás agrippa Pepe par le bras.

— Regarde là, dit-il en indiquant la bâtisse située en face de l'église.

Il s'agissait d'un édifice blanc de quatre étages recouvert de chaux, avec de riches ornements en pierre et en stuc autour des fenêtres et de la grande porte marquetée. Toutefois, ce qui avait attiré l'attention de Tomás, ce n'était pas cet aspect élégant, mais la multitude de statues qui se trouvaient sur le toit.

— Elles sont identiques aux lions ailés du domaine des Trastamara ! s'exclama Pepe. Ce sont exactement les mêmes !

— Hé, vous deux, venez un peu par ici !

Pepe et Tomás firent volte-face.

Quatre hommes les observaient, occupés à jouer aux cartes et à siroter de la horchata devant la taverne. Celui qui avait parlé était le plus mince de tous et avait dans les quarante ans, la peau tannée et épaisse comme du cuir, avec un béret froissé sur la tête et une barbe grise mal taillée. Il jouait d'une seule main, tenant son autre bras le long du corps.

Pepe se tapa la poitrine.

— C'est à nous que vous parlez, señor ?

— Oui, c'est bien à vous, répondit l'autre. Je me trompe ou vous étiez en train de discuter de ces lions, là-haut ?

—Vous ne vous trompez pas, confirma aimablement Pepe. Ce sont vraiment des sculptures exceptionnelles, majestueuses et…

— Maudites ! le coupa brusquement l'homme en abattant ses cartes sur la table. Elles sont maudites ! Voilà ce qu'elles sont. Elles m'ont coûté un bras, damnation !

Il souleva son membre inerte de sa main valide, laissant ensuite retomber ce poids mort.

—Voilà ce qu'elles ont fait.

Pepe et Tomás restèrent silencieux, certains que l'homme n'avait pas fini de parler.

— Il tombait des cordes, ce jour-là, reprit-il, en effet. L'eau tombait du ciel comme on n'avait jamais vu ça dans le coin. Mais le patron ne voulait rien savoir ! Il fallait mettre les statues en place, parce qu'il avait promis au client qu'il pourrait emménager dans sa maudite demeure dès le lendemain…

Les amis de l'homme secouèrent la tête, murmurant des mots d'indignation et de soutien.

— J'ai tenté de le raisonner, mais rien à faire. Soit je montais sur le toit, soit je pouvais me chercher un autre travail. Alors, je suis monté.

L'homme éclata d'un rire triste, amer, plein de colère et de regret et poursuivit :

— Le lendemain, le client a pu entrer dans son beau palais avec ses belles statues de lions ailés, tandis que moi…

Il indiqua son bras mort du menton et poursuivit :

— … je me suis retrouvé sans bras et sans travail. Parce que le patron n'aurait jamais pu garder un ouvrier infirme.

— Je suis navré, señor, déclara Pepe. Vraiment.

— Mais je n'ai pas été sa seule victime, poursuivit l'autre. Ici, il s'en est pris à des tas de gens. Des maçons qui protestaient contre des conditions de travail indignes, des artisans qui étaient payés en retard… Et aucun d'entre eux ne s'en est bien sorti. Aucun. Cet homme était un véritable criminel.

Pepe acquiesça, l'air pensif.

— Señor, pardonnez mon audace, mais la personne dont vous parlez, ce ne serait pas don Ricardo Trastamara, par hasard ?

Un éclair de colère réprimée étincela dans les yeux du maçon.

— C'est bien lui ! Le misérable… Mais il a eu ce qu'il méritait, non ? Sa maison a brûlé, sa femme l'a quitté et il a tout perdu. Tout.

Les hommes autour de la table murmurèrent des mots d'assentiment, puis reprirent leur partie de cartes en silence.

— Trastamara, murmura Tomás à Pepe. Est-ce que tout cela peut être une coïncidence ? Le fait que je vienne d'ici, que Trastamara faisait affaire dans cette ville et que, ensuite, j'ai été adopté par lui…

— Je l'ignore, répondit Pepe, mais j'avoue que c'est bizarre.

Il s'approcha de la table de jeu, prenant un air de pénitent.

— Señores, pardonnez mon insistance, mais l'un d'entre vous aurait-il par hasard entendu parler d'un garçon disparu en 1900 à l'âge de quelques semaines ? Il était peut-être fils unique, le père devait être mort avant sa naissance ou bien il est mort tout de suite après, mais sa mère, elle, était encore en vie cette année-là…

Les quatre hommes haussèrent les épaules, et tous marmonnèrent des réponses similaires.

— Non.

— Jamais entendu parler.

— En 1900 ? Qui pourrait s'en souvenir ?

Pepe et Tomás échangèrent un regard et décidèrent d'aller tenter leur chance ailleurs. Ils prirent congé des quatre joueurs de cartes et se dirigèrent vers la pharmacie.

L'homme derrière le comptoir fut brusque et impoli et les mit brutalement à la porte, prétextant qu'il n'avait pas de temps à perdre avec deux garnements comme eux.

— Mais quelles manières ! s'exclama Pepe une fois de retour dans la rue. Espèce de grossier personnage, cuistre, mangeur de limaces…

À l'épicerie, ils furent mieux accueillis, mais n'obtinrent aucune information utile de la part de la propriétaire. Cette histoire d'enfant disparu ne lui disait rien. À une certaine époque, il n'était pas rare que les plus pauvres confient leurs enfants à un couvent ou à une famille aisée.

Démoralisés, Pepe et Tomás quittèrent la boutique.

— Essayons de monter au château, suggéra Pepe. Peut-être que nous aurons plus de chance dans cette partie de la ville.

Visiblement découragé, Tomás acquiesça en silence.

Les deux garçons prirent en sens contraire la rue qu'ils avaient empruntée peu de temps auparavant. La peintre était toujours là où ils l'avaient laissée, devant sa toile. Mais cette fois, en les voyant, elle les arrêta d'un signe de la main.

— Vous avez mis Ramiro en colère, d'après ce que j'ai entendu.

Pepe écarta les bras.

— Ce n'était pas notre intention. Nous ne savions pas qu'il en voulait autant à don Trastamara.

Elle fronça les sourcils.

— Que savez-vous de Ricardo Trastamara, au juste ?

— Pas grand-chose, répondit Pepe. Seulement qu'il était riche et que, d'après ce que raconte tout le monde, il traitait mal ses employés.

— C'est vrai, confirma Antonia. Dans la région, don Trastamara était connu pour sa cruauté.

Elle dévisagea Tomás, s'attardant longuement sur ses traits.

— Pourquoi poses-tu des questions à propos d'un enfant disparu en 1900 ?

Tomás souleva sa chemise, révélant sa tache de naissance brune.

— Parce que cet enfant, c'est moi. Et que je suis à la recherche de ma mère.

Antonia fixa la tache de naissance de Tomás. Elle resta un long moment silencieuse, puis ferma les yeux et laissa échapper un soupir.

— Tu es son portrait. Identique. Les mêmes cheveux et le même nez. Je ne sais pas comment ils ont fait sur la place pour ne pas te reconnaître ! Tu es allé à la pharmacie ?

— Nous n'y avons pas été bien accueillis, expliqua Pepe.

— Igor est un sot. S'il ne s'était pas arrêté aux apparences et qu'il t'avait mieux regardé, il aurait vu en toi la femme de son meilleur ami.

Tomás laissa retomber sa chemise.

— Comment ça ? Le meilleur ami de mon père ? Le pharmacien…

— Le pharmacien et ton père étaient très amis quand ils étaient jeunes.

— Alors, vous savez qui étaient mes parents ?

Antonia acquiesça.

— C'est un petit village. Tout le monde se connaît. Et même si je n'étais pas très proche de tes parents, je les connaissais. Ta mère, Beatriz, avait la même passion que moi, dit-elle en indiquant la toile et la peinture. Enfin, elle était bien plus douée. C'était un don de sa famille. Tous des artistes et des peintres. Tandis que ton père, Eduardo, était architecte. Il avait étudié à Madrid et s'était installé ici pour travailler. C'est ainsi qu'il a rencontré ta mère. Malheureusement, il s'est aussi heurté à cette bête de Ricardo Trastamara.

À la fin du récit, Tomás serra les poings.

— Alors, c'est comme ça que ça s'est passé ? Trastamara a tué mon père parce qu'il avait osé dénoncer son comportement ?

Antonia hocha la tête.

— Cela ne te consolera pas, mais il n'a pas été sa seule victime, tu sais.

— C'est pour cette raison que ma mère s'est enfuie avec moi ? Pour qu'il ne s'en prenne pas à nous aussi ?

Antonia acquiesça encore.

— Tout le monde était au courant, mais personne n'avait le courage de le dire. Lorsque ta mère et toi avez disparu, nous avons fait comme s'il ne s'était rien passé. C'était peut-être mieux ainsi, qui sait. Si quelqu'un vous avait retrouvés, Igor, par exemple, il risquait de conduire Trastamara jusqu'à vous.

— Et Trastamara n'a pas été puni pour ce qu'il a fait ? s'enquit Tomás.

— Les gens comme lui ne sont jamais punis.

— Antonia, vous ne savez vraiment pas où pourrait se trouver la mère de Tomás ? intervint Pepe.

— Non. Comment le saurais-je ? Je n'ai aucune idée de ce qu'elle a fait après s'être enfuie d'ici. Comme je n'avais aucune idée de ce que tu étais devenu, mon garçon, dit-elle en s'adressant à Tomás. Si tu cherches ta mère, cela signifie qu'elle ne t'a pas élevé. Qui a pris soin de toi, alors ?

— L'homme qui a fait de moi un orphelin, répondit Tomás.

Antonia accueillit la nouvelle avec une stupeur évidente.

— Je suis désolée.

Ce fut tout ce qu'elle réussit à dire. Elle se leva de sa chaise et reprit :

— Venez avec moi. Retournons à la pharmacie. Si tu le souhaites, Igor peut te parler de tes parents. De ton père. Ça te plairait ?

Tomás serra les mâchoires et Pepe se rendit compte qu'il faisait de son mieux pour ne pas pleurer.

— Mais bien sûr que ça nous plairait ! s'exclama-t-il joyeusement pour détourner l'attention sur lui.

Il prit la femme par le bras et se dirigea vers la place.

— Pendant le trajet, Antonia, pourriez-vous m'expliquer comment vous obtenez un orangé aussi brillant ? Moi aussi, je m'essaie à la peinture, mais j'avoue que je n'ai pas une once de votre talent...

CHAPITRE 14

LE MOMENT DE LA CREMÀ APPROCHAIT : Valence se préparait à mettre le feu aux fallas qui parsemaient la ville, à l'exception des gagnantes.

Lorsque Pepe et Tomás regagnèrent le barrio del Carmen, ils trouvèrent le quartier en proie aux festivités : la falla de la plaza del Ángel, sur laquelle Mariano avait également travaillé, était arrivée cinquième.

— Soixante-quinze pesetas ! s'exclama quelqu'un derrière eux. Une véritable fortune !

La calle Caballeros et les rues avoisinantes grouillaient de gens qui se dirigeaient vers la plaza Pellicers où se dressait la falla qui avait remporté les trois cents pesetas du premier prix.

— Il vaut mieux renoncer, suggéra Pepe lorsqu'ils se retrouvèrent coincés au milieu de la cohue.

— De toute façon, en ce moment, Amparo est sous sa forme de faucon. Nous ne pourrions pas vraiment bavarder avec elle.

— Mais je veux savoir comment elle va, rétorqua Tomás en jouant des coudes pour avancer. Et puis, elle peut toujours nous écouter.

Pepe marmonna une réponse avant de finir écrasé contre le mur d'une maison. Tomás poussa un juron et tendit un bras pour l'attraper par la chemise et le tirer vers lui.

— Tu ne connais pas de raccourci ?

Pepe sembla réfléchir.

— Non. Il faut arriver jusqu'à l'intersection avec cette ruelle. Amparo habite là, dans le fond, après le clocher de Saint-Barthélemy. C'est forcément cette rue.

Tomás soupira, mais continua à tenir Pepe bien serré. Finalement, ils réussirent à atteindre la calle de los Borja qui, heureusement pour eux, était beaucoup moins bondée que les rues principales du barrio.

Ils la parcoururent à la hâte, tandis que l'air se remplissait des effluves de friture des churros, vendus au coin des rues par les marchands ambulants, et de celui, plus intense, du chocolat fondu qui les enveloppait avec insistance.

— J'ai tellement faim… murmura Pepe. Si je ne mange pas quelque chose, je crois que je vais mourir.

— Nous mangerons plus tard, rétorqua Tomás sans ralentir.

— C'est ça, oui. Je parie que pour le dîner tu m'emmèneras dans un bonne petite taverne au bord de la mer pour manger de la paella, railla Pepe.

Ils avancèrent encore quelques minutes et arrivèrent enfin en vue de la maison d'Amparo.

— Quelque chose ne va pas, dit tout de suite Pepe. Tous ces gens ont l'air inquiets…

— Cet homme-là, c'est le grand-père d'Amparo ? demanda Tomás en indiquant Mariano.

— Je crois que oui.

Mariano se tenait sur le seuil de sa maison et parlait d'une voix cassée à don Sebastián. Un groupe de personnes s'était rassemblé autour d'eux. Pepe et Tomás coururent dans leur direction et saisirent des bribes de son récit.

— … la porte… forcée… et il y a un vase cassé… des chaises renversées… des plumes par terre…

— Je ne sais pas quoi dire, don Mariano ! Il y tant de pagaille dans la rue, dit don Sebastián.

— Je ne me suis absenté que dix minutes à peine ! s'exclama le grand-père d'Amparo, une note de désespoir dans la voix. Qui a pu prendre mon faucon ? Et pourquoi ?

— Votre petite-fille n'a pas entendu… ?

— Amparo est couchée, elle ne se sent pas bien, coupa Mariano. Elle n'a rien entendu.

— Pardonnez-moi, señores !

Pepe se fraya un passage parmi la foule des voisins inquiets.

— Excusez-moi… Merci… Bien aimable… Merci, señora, merci.

Don Sebastián le reconnut.

— Toi, tu es l'ami d'Amparo, dit-il.

— Quel ami ? demanda Mariano en dévisageant Pepe d'un air soupçonneux.

— Votre petite-fille et moi, on s'est rencontrés à la foire, improvisa Pepe. Je passais lui dire bonjour, mais si ce n'est pas le bon moment…

— Ça non ! coupa Mariano.

Puis il rentra chez lui et claqua la porte avec colère. Don Sebastián secoua tristement la tête.

— Pauvre homme. Il aime ce faucon presque autant que sa petite-fille… Mais moi, je n'ai vraiment rien vu ! Sinon, j'aurais appelé à l'aide.

— Quand est-ce arrivé ? intervint Tomás.

— Il y a quelques instants, répondit l'homme. Don Mariano est revenu de l'atelier avec son faucon, l'a laissé chez lui et s'est absenté peu de temps. J'étais chez moi avec Tiano, je m'apprêtais à aller plaza del Ayuntamiento…

— Et le chien n'a pas aboyé ? insista Tomás.

— Non, il était en train de manger. Quand il mange, rien d'autre ne l'intéresse.

Tomás et Pepe échangèrent un regard inquiet.

— Personne n'a rien remarqué d'insolite ? Je ne sais pas, un étranger qui tournerait autour de la maison par exemple… tenta Pepe.

— Mon garçon, c'est le jour de la Cremà ! s'exclama un homme bien habillé avec canne et chapeau. Valence est pleine d'étrangers et de gens bizarres !

— Don Perell a raison, murmura don Sebastián. Et on ne peut même pas demander au mendiant… D'habitude, il est toujours là, assis près de ma porte, mais il a disparu…

Tomás et Pepe fixèrent l'endroit indiqué par don Sebastián, comme si cela pouvait les aider à comprendre ce qui était arrivé.

— Que se passe-t-il ici ? Pourquoi êtes-vous tous devant chez don Mariano ? Il ne se sent pas bien ?

Une femme avec une tresse de cheveux bruns enroulée autour de la tête et de grands anneaux dorés aux oreilles se fraya un chemin parmi les voisins et les curieux, se servant de son cabas comme d'un bélier. Elle se fit une place aux côtés de don Sebastián et renouvela ses questions.

— Alors ? Que se passe-t-il ?

— Le faucon de don Mariano a disparu, doña Consuelo, répondit celui-ci. Quelqu'un a forcé la porte, il y a des signes de lutte… Et vous, auriez-vous remarqué une personne étrange autour de la maison, aujourd'hui ?

— Cela grouille de gens étranges aujourd'hui, rétorqua doña Consuelo.

— C'est exactement ce que j'ai dit avant, intervint don Perell.

— Pourtant… poursuivit la femme.

— Pourtant ? répéta Pepe.

Doña Consuelo le scruta avec méfiance.

— Qui est ce garçon ?

— Un ami d'Amparo, répondit aussitôt don Sebastián.

— Et cet autre, là ? insista-t-elle en désignant Tomás.

— Je suis aussi un ami d'Amparo, répondit l'intéressé, réprimant avec peine sa nervosité et son impatience. À présent, pouvez-vous nous dire si vous avez vu quelqu'un de bizarre ?

Doña Consuelo croisa les bras sur sa poitrine.

— Et pourquoi donc êtes-vous intéressés par le faucon de don Mariano ?

Tomás s'apprêtait à répondre, mais Pepe fut plus rapide.

— Nous savons combien don Mariano et Amparo aiment ce faucon. Si nous pouvons aider à le retrouver, nous le ferons avec plaisir.

— Mmmh…

Doña Consuelo haussa les sourcils, dévisageant les deux garçons. Après cet examen, elle se décida à parler.

— Lorsque je suis passée par ici pour me rendre au marché, j'ai remarqué un homme. Grand, mince, avec des vêtements sombres et des cheveux un peu longs… Au début, je ne l'ai vu que de dos. Il donnait une pièce au mendiant, celui qui se tient toujours près de votre porte, don Sebastián.

—Vous avez vu son visage ? s'enquit Pepe. Je veux dire, le visage de cet homme.

— Oh, oui. Et laissez-moi vous dire qu'il semblait avoir été dessiné par le diable lui-même. Il n'était pas laid, non, mais il avait l'air… mauvais. Le visage du mal ! Heureusement, cela n'a duré qu'un instant. Dès que j'ai croisé son regard, je me suis éloignée. Je ne sais pas comment a fait le mendiant pour ne pas prendre peur quand cet homme s'est arrêté pour lui parler.

Pepe et Tomás se regardèrent, consternés par la description de doña Consuelo.

— Allons-nous-en.

Tomás prit Pepe par le bras et l'entraîna loin de l'attroupement.

— Au revoir ! lança Pepe à l'adresse de don Sebastián et de doña Consuelo. Si nous retrouvons le faucon…

—Arrête de perdre du temps ! le réprimanda Tomás. C'est lui. C'est Le Gris, dit-il ensuite, commençant à jouer des coudes dans la foule.

—Je sais, répondit Pepe. La Mère supérieure avait raison. Il est vraiment de retour.

— Pourquoi s'en est-il pris à elle et pas à moi ?

Pepe secoua la tête.

— Je ne sais pas. Je ne sais pas comment il a réussi à la retrouver… Qu'est-ce qu'on fait maintenant ? On ne sait pas où il l'a emmenée, ni si elle…

— Parlons à ma mère. Elle pourrait nous donner un indice, une indication, n'importe quoi, pour que nous puissions comprendre où il est allé.

— Ils ne se sont pas vus depuis quarante ans, objecta Pepe.

— Tu as une meilleure idée ? s'emporta Tomás.

— Non, admit Pepe.

Il fallut près d'une heure aux garçons pour atteindre le Cabanyal. Valence était en plein chaos. Les rues principales grouillaient de badauds et les fiacres se frayaient difficilement un chemin dans la foule, les chevaux hennissant nerveusement et les cochers lançant des insultes et des grossièretés. Des fallas géantes se dressaient dans chaque quartier, illuminées par les rayons obliques du soleil qui commençait à se coucher derrière les bâtiments.

Dès qu'ils eurent franchi la grande arche lumineuse de la foire, Tomás et Pepe se précipitèrent vers la zone des roulottes, derrière Le Repaire de la Magie.

— Il est arrivé quelque chose, fit Tomás en voyant les personnes rassemblées devant chez Manuela.

Il courut vers la roulotte, se fraya un chemin à coup d'épaules, monta d'un bond les marches en bois et poussa la porte. Pepe le suivit, le cœur serré dans un étau d'inquiétude.

Manuela était couchée dans son lit, pâle et tremblante. Ester se tenait près d'elle et lui mouillait le front avec un linge.

— Qu'est-ce qu'elle a ? s'écria Tomás.

Ester lui lança un regard désapprobateur.

— Tu sais que s'inquiéter lui fait du mal. Plus elle s'agite, pire c'est. Où étais-tu passé ? Elle t'a réclamé toute la journée.

— Je…

— « Je, je, je », explosa Ester. Toujours toi !

— Tomás, murmura Manuela en ouvrant les yeux. Tu es là ?

Ester se leva.

— Je vais chercher de l'eau. Il ne faut pas qu'elle s'agite, articula-t-elle d'un ton péremptoire avant de sortir de la roulotte.

— Oui, je suis là, mère.

Tomás s'agenouilla près du lit et serra la main froide de Manuela entre les siennes.

Sa mère tourna la tête vers lui. Ses yeux noisette exprimaient le chagrin, l'inquiétude et les regrets.

Pepe resta à l'écart, près de la porte, tête basse.

— Tu es si grand, maintenant. Un homme, murmura-t-elle.

Elle leva sa main libre pour lui caresser le visage, mais n'y parvint pas. Sa main retomba avec un bruit sourd sur le matelas.

— Et moi, je suis si vieille et malade, souffla-t-elle.

— Tu n'es pas vieille, mère, répliqua Tomás. Et tu guériras bientôt.

— Non. Il n'y a pas de remède à mon mal, nous le savons tous les deux.

Manuela tourna la tête vers le portrait de l'homme aux traits flous accroché au mur près du lit.

— Il est venu ici.

— Qui ? demanda Tomás

— Julio, dit-elle dans un souffle. Le Gris.

Tomás et Pepe se regardèrent sans rien dire.

— Quand ? demanda Tomás.

— Tout à l'heure. Il a dit qu'il avait en sa possession une chose à laquelle tu tiens. Et que tu la trouveras dans la maison avec la tour.

— Tu en es sûre ? Il a vraiment dit ça ?

— Qui a dit quoi ? fit Ester qui revenait avec une bassine remplie d'eau.

— L'homme qui est venu ici… commença Tomás, mais Ester l'interrompit d'un ton sec.

— Personne n'est venu.

— Mais mère a dit…

— Elle a déliré toute la journée, depuis ton départ ce matin, le coupa encore Ester. Maintenant, sortez, je vous prie. Je dois la changer et lui donner son remède.

Tomás embrassa la main de la malade.

— À plus tard, mère.

La femme murmura des paroles confuses, puis ferma les yeux, et son souffle se fit laborieux.

— Dehors ! gronda Ester. Ouste !

Les deux garçons quittèrent la roulotte.

— Tu as entendu ça ? demanda Tomás.

Pepe acquiesça.

— Amparo est au domaine des Trastamara. Qu'allons-nous faire ? Est-ce qu'il faut prévenir son grand-père ? Ou demander à mes frères de… ?

Tomás secoua la tête.

— Non. Je dois y aller seul.

— Seul ?

— Tout ceci est un piège. Le Gris n'a pas l'intention de libérer Amparo. Tu te rappelles ce qu'a dit ma mère, non? Le Gris enlève les enfants qui se métamorphosent. Il utilise Amparo comme appât. Il me veut, moi aussi.

— Brillant résumé, commenta Pepe d'un ton caustique. Et ta conclusion est de te rendre seul à ce rendez-vous qui est un piège? Une fois sur place, qu'as-tu l'intention de faire?

— Je ne sais pas.

— Eh bien, je viens avec toi.

— Non.

— Si.

— Je te dis que non.

— Et je te dis que si.

Tomás s'apprêtait à répliquer encore, mais Pepe fut plus rapide que lui.

— Je resterai caché, je te le promets. Le Gris ne se rendra pas compte que je suis là. Comme ça, s'il t'attrape toi aussi, je pourrais vous suivre, découvrir où il vous emmène et ensuite demander de l'aide. Tu n'es pas seul dans cette histoire. Pense à Amparo. C'est mon amie, et moi, les amis, je ne les abandonne pas.

Indécis, Tomás resta silencieux. Pepe en profita pour regarder la foire autour de lui.

— Dis donc, vous n'auriez pas aussi des chevaux, chez vous? Parce qu'un cheval nous serait bien utile pour nous rendre rapidement au domaine des Trastamara.

Tomás acquiesça.

— Suis-moi.

CHAPITRE 15

La grille du domaine des Trastamara était grande ouverte.

Pepe était resté agrippé à Tomás pendant toute la chevauchée, terrifié à l'idée de se retrouver par terre avec une jambe cassée ou le cou brisé. Lorsqu'ils arrivèrent à destination, il désigna d'un doigt tremblant le fiacre sombre près de l'entrée auquel étaient attelés quatre chevaux couleur d'ébène.

— On dirait le carrosse du diable. Ça ne me dit rien de bon.

— C'est très prometteur, au contraire ! répliqua Tomás. Ça veut dire qu'il est bien là. Plus vite nous bouclerons toute cette affaire, mieux ce sera. Maintenant, s'il te plaît, lâche-moi. On ne pourra pas descendre de cheval dans les bras l'un de l'autre.

— Tu en es sûr ?

— Certain.

Pepe laissa Tomás descendre avec réticence, et quand il se retrouva seul sur le cheval, il s'aplatit sur le dos de l'animal.

— Je le tiens par les rênes, s'impatienta Tomás. Il ne va pas te désarçonner. Allez, descends, maintenant.

Pepe se laissa lentement glisser le long du flanc, et lorsqu'il toucha terre, il laissa échapper un soupir de soulagement.

Tomás attacha l'animal à la grille, juste à côté du fiacre.

Le soleil se couchait, et une brume humide, pas du tout de saison, enveloppait le domaine des Trastamara comme un voile de tristesse.

Tomás emprunta le chemin qui serpentait à travers les buissons, tandis que Pepe le suivait à bonne distance, s'abritant derrière les troncs d'arbre.

Ils gagnèrent la demeure des Trastamara, dans le silence et l'incertitude. Tomás regarda autour de lui, mais ne perçut ni bruits ni mouvements. Il contourna la demeure avant de se diriger vers les anciens logements des domestiques. Des émotions contradictoires – la nostalgie, le refus, la peur – s'emparèrent de lui à la vue des maisonnettes en brique, en particulier la dernière, celle qui possédait un jardinet entouré d'un mur de pierre.

Malgré sa curiosité, il se força à ne pas entrer et se dirigea vers la grande serre vitrée que l'on apercevait un peu plus loin. Quand il arriva devant la maison de verre et d'acier, il entrevit une ombre à l'intérieur.

— Je suis là, lança-t-il à voix haute.

La porte de la serre s'ouvrit et une silhouette corpulente, enveloppée dans un long manteau sale et déchiré, sortit dans le jardin. Pepe, qui s'était tapi à quelques mètres de Tomás, derrière un enchevêtrement de branchages et de plantes, l'examina avec attention.

L'homme – d'après sa silhouette et sa taille, ce ne pouvait être qu'un homme – fit quelques pas en direction de Tomás.

— Enfin, dit-il d'une voix rauque.

— Vous n'êtes pas Le Gris, observa le garçon, sur ses gardes. C'est lui que je suis venu voir.

— Oh, il sera bientôt là, répondit l'autre. Avec l'oiseau.

Il souleva une manche de sa tunique, aussi sale que son manteau, révélant le dos d'une main poilue. Une longue striure écarlate la traversait de part en part.

— Cela n'a pas été facile de le capturer. Dire qu'il avait l'air si docile. Je l'avais même caressé une fois, il y a bien des années, quand le menuisier m'a donné un de ses vieux pantalons.

Pepe plissa les yeux, puis étouffa une exclamation de surprise.

« Le mendiant ! » pensa-t-il. « Cet homme est le mendiant que j'ai vu devant chez Amparo ! »

— Pourquoi aidez-vous Le Gris ? s'enquit Tomás pour qui, contrairement à Pepe, le mendiant n'était qu'un inconnu de plus.

L'homme fit glisser son capuchon, révélant un visage dont les traits étaient à peine visibles sous l'épaisse barbe brune et les cheveux en bataille.

— Tu ne te souviens pas de moi, mon garçon ? Il fut pourtant un temps où tu m'appelais papa.

Tomás resta silencieux tandis que Pepe, tapi derrière lui, laissait échapper un juron suivi par une rapide excuse à l'adresse du Très-Haut.

— Vous êtes Ricardo Trastamara. L'homme qui m'a sorti du couvent de San Ignacio, dit Tomás.

— Ce n'est pas moi qui en ai décidé ainsi, mais Elsa, mon épouse, précisa Trastamara. Moi, je ne voulais pas d'un enfant qui ne soit pas le mien chez moi. Mais elle était tellement triste, tellement inconsolable… Je voulais seulement lui faire plaisir.

— Et vous n'avez pas demandé à la Mère supérieure d'où je venais ?

Trastamara haussa les épaules.

— Non. Pourquoi l'aurions-nous fait ? Tu étais le fils d'un miséreux comme les autres.

— Vous vous trompez.

Trastamara pencha la tête sur le côté, dévisageant Tomás avec curiosité.

— Que veux-tu dire ?

— Il y a bien longtemps, vous construisiez des demeures à Sagunto. Et à Sagunto, il y avait un homme bien plus intelligent et compétent que vous. Un jeune architecte de Madrid. Il s'appelait Eduardo Ávila.

— Eduardo Ávila… répéta Trastamara d'un air absorbé. Oui, je me souviens bien de lui. Il a osé remettre en cause mes méthodes. Plusieurs ouvriers se sont rebellés à cause de lui. Il m'aurait ruiné si je l'avais laissé faire.

Trastamara s'interrompit et fixa Tomás.

— Mais pourquoi me parles-tu de lui ? reprit-il.

— Il était mon véritable père.

Trastamara resta interloqué quelques instants. Puis il éclata d'un rire gras, sonore, presque animal.

— Toi… toi… balbutia-t-il en s'essuyant les yeux. Toi, tu es le fils de cet homme ? Et moi, je t'aurais sauvé de ce couvent pouilleux, je t'aurais offert des années de luxe et d'aisance ?

Trastamara se remit à rire, déconcerté par ce paradoxe.

— Ah, mon garçon, il me sera encore plus agréable de te tuer, à présent.

— C'est moi qui devrais vous tuer, rétorqua posément Tomás. Pour venger mon père.

Trastamara pointa un doigt dans sa direction.

— Non. C'est moi qui mérite de me venger pour tout ce que tu m'as arraché : ma femme, mes enfants, ma superbe demeure. Et tout cela, parce que tu es… un monstre.

— Ce n'est pas moi, le monstre.

— Ah non ? fit Trastamara avec un sourire mauvais. Et qui, alors, a crevé un œil à son petit frère d'à peine un an ? Qui a presque arraché une main à sa petite sœur de deux ans ?

Tomás resta silencieux.

— Tu ne dis rien, hein ? Que pourrais-tu bien dire, d'ailleurs ?

— Je ne me souviens pas d'avoir fait du mal à quelqu'un… répliqua Tomás, la voix fêlée par l'incertitude.

— Oh mais moi, je m'en souviens ! cria Trastamara. Je m'en souviens comme si c'était hier. Tu t'es… transformé… devant nous tous… une bête indomptable, incontrôlable…

— J'avais peur… Je ne savais pas ce qui m'arrivait… tenta Tomás.

— Tu as attaqué tout le monde ! Moi, ma femme, mes enfants. Mes enfants adorés. Alors, j'ai pris mon fusil, tu t'es échappé et je t'ai poursuivi jusqu'à la masure de ces deux misérables…

Il désigna la maison avec le jardinet entouré d'un muret, un peu plus loin.

— Celle-là. Tu étais ami avec leur fille, tu passais beaucoup de temps avec elle… Tu t'es réfugié là, et ces imbéciles s'en sont mêlés ! Ils ne savaient rien de ce qui s'était passé, mais à leurs yeux, j'étais le méchant et cruel patron, alors ils ont préféré défendre un animal au lieu de m'obéir à moi, vociféra sauvagement Trastamara avant de rire. Je les ai mis hors d'état de nuire. Entre-temps, hélas, tu avais réussi à t'enfuir. Puis l'incendie a éclaté…

Toujours dissimulé dans les buissons, Pepe avait du mal à croire ce qu'il venait d'entendre. Son esprit tournait vertigineusement comme les pales d'un moulin à vent.

« Amparo avait raison : elle vivait bien au domaine, avec ses parents, dans la maison où Griffe s'est réfugié cette nuit-là. Et Trastamara a aussi tué ses parents, pas uniquement le père de Tomás… »

— Quand je suis retourné chez moi, tout était en feu. Mes ouvriers, ces traîtres, avaient justement choisi cette nuit-là pour me ruiner, poursuivit Trastamara. Et Elsa et les enfants avaient disparu. Des jours plus tard, quelqu'un m'a dit l'avoir vue à bord d'un fiacre sur le chemin de la capitale… Il semble qu'elle n'attendait qu'une bonne occasion pour me quitter…

Il se racla la gorge avant de continuer son récit.

— Parmi toutes les personnes à qui j'avais donné du travail, aucune n'a voulu m'aider. Tout le monde m'a tourné le dos. Et je me suis retrouvé à la rue.

— Cela ne m'étonne pas, déclara Tomás. Vous êtes un homme cruel. Vous méritez votre chute. Et si j'ai réellement contribué à la provoquer, j'en suis fier.

Trastamara ne répondit pas. D'un geste lent, il glissa une main sous son manteau et en sortit un long fusil.

— Prends garde à ce que tu dis, mon garçon. L'autre nuit, lorsque je vous ai surpris à fouiner ici, je n'étais pas armé. Mais comme tu le vois, ce soir, je suis préparé.

— C'était vous, alors ! C'est vous qui nous avez attaqués.

— J'aurais dû vous tuer. Tous les trois.

À ce moment, des bruits de pas se firent entendre.

Pepe avança de quelques mètres pour voir qui arrivait, se cachant derrière le tronc d'un arbre.

Le Gris apparut un instant plus tard, émergeant au-delà de la serre. Grand, mince, le regard cruel, les traits aigus et les cheveux longs, il avait l'apparence d'un homme dont la seule mission semblait être d'infliger la douleur. Le faucon, une patte attachée à une pierre, était enfermé dans une petite cage que Le Gris avait avec lui.

En voyant le faucon prisonnier, Tomás serra les poings. Pepe pria pour qu'il parvienne à se contrôler. « Il doit rester calme ou il ne s'en sortira pas vivant », pensa-t-il.

— Nous nous rencontrons enfin, dit Le Gris à Tomás.

Il fit quelques pas vers lui puis s'immobilisa à une certaine distance de Trastamara. Le regard de dégoût que le nouveau venu lança à l'ancien propriétaire du domaine n'échappa pas à Pepe, et il ne put s'empêcher de se demander de quelle manière leur alliance avait vu le jour.

— La tienne était la dernière, tu sais ? continua Le Gris.

— De quoi parlez-vous ? répliqua Tomás d'un ton agressif.

Le Gris posa la cage par terre et glissa une main dans la poche de son pardessus pour en sortir un objet de la taille d'une pomme. Il le montra à Tomás.

— Qu'est-ce que c'est ? interrogea celui-ci, méfiant.

— La clef de ma liberté, répondit Le Gris.

Pepe se pencha plus en avant, au risque d'être découvert. Cependant, Le Gris et Trastamara gardaient les yeux fixés sur Tomás et ne se rendirent pas compte de sa présence.

« Une statuette de bois », se dit Pepe en découvrant l'objet. « Mais en forme de quoi… ? »

— Un peintre, expliqua Le Gris. Cette statuette est celle d'un peintre. Tandis que celle-ci…

Il sortit de sa poche une seconde statuette, identique en couleur et en taille à la première.

— … représente un menuisier.

— Je ne comprends pas, dit Tomás. Et ça ne m'intéresse pas non plus.

— Au contraire, je pense que tu trouveras mon histoire fascinante.

— Je connais déjà votre histoire. Ma mère, Manuela, me l'a racontée.

L'espace d'un instant, le visage du Gris fut envahi par une émotion que Pepe eut du mal à déchiffrer. Des regrets ? Du chagrin ? De la colère ? Ses traits cruels ne permettaient pas de comprendre vraiment ce qu'il ressentait. En admettant qu'il puisse ressentir quoi que ce soit.

— Manuela n'a jamais su tout ce qui s'était passé, répliqua Le Gris, redevenu froid et imperturbable. Elle n'a jamais su que, lorsque je suis entré dans ce village en ruine oublié de Dieu et des hommes, j'ai enlevé une clef en or à une statue. La statue d'un homme avec un long bâton. La statue d'un voyageur.

Le Gris retourna la statuette entre ses mains et resta silencieux un instant.

— Je ne lui ai jamais dit, poursuivit-il, que cette statue était en réalité un homme.

Pepe perçut un léger tremblement dans la voix du Gris lorsqu'il prononça ce dernier mot.

— Et que, une fois la clef entre mes mains, cet homme m'a dit que je pouvais la garder, à condition que je lui apporte un sourire de la femme qui m'attendait aux portes du village.

— Manuela… murmura Tomás.

— C'était un pauvre voyageur, vieux et faible. Je l'ai pris pour un fou et je lui ai dit que je le ferai. Mais je lui ai menti.

Le Gris eut un sourire sans joie.

— À l'aube du lendemain, reprit Le Gris, lorsque je me suis réveillé avec, à mes côtés, l'or qui me garantirait une vie aisée loin de l'endroit misérable où j'avais grandi, j'ai compris tout de suite – j'ai senti – qu'il y avait quelque chose de différent en moi. Je suis retourné à la hâte au village en ruine, me couvrant le visage d'un manteau. Le Voyageur était là où je l'avais trouvé la veille, dans la même position.

Il secoua légèrement la tête.

— Je n'ai pas eu besoin de lui demander quoi que ce soit. Dès qu'il m'a vu, il m'a dit que j'avais été aussi sot que ceux qui m'avaient précédé, les anciens habitants du village désormais à l'abandon. Et ainsi, il m'a raconté son histoire.

Pepe leva les yeux vers le ciel : le soleil était sur le point de se coucher. Il se demanda ce que ferait Trastamara d'ici peu, lorsqu'il se retrouverait face à la panthère.

— Il m'a raconté que ce village avait autrefois été habité par des gens travailleurs et pleins de talent, à tel point qu'il était devenu célèbre pour ses produits d'excellente qualité. Les gens venaient de très loin pour acheter céramiques, tissus, peintures et mobilier. Ainsi, les habitants s'enrichirent, construisirent des maisons de plus en plus vastes et des places de plus en plus spectaculaires. Un jour, le Voyageur passa par là. Il parcourut la rue principale, pavée et élégante, jusqu'à la place de l'hôtel de ville. Mais dès qu'elles l'aperçurent, les familles du village le chassèrent. Un marquis de Valence venait en visite ce jour-là et les habitants voulaient que tout soit parfait. Le Voyageur s'en alla, non sans leur avoir lancé auparavant que « les sots jugent avec leurs yeux, les sages avec leur cœur ».

Tomás déplaça son poids d'un pied sur l'autre, inquiet.

— Je ne comprends pas ce que cette histoire a à voir avec moi ou le faucon.

— Tu vas comprendre, répondit Le Gris. Cette nuit-là, un violent orage s'abattit sur le village. Lorsqu'il cessa, les premiers-nés des familles qui avaient chassé le Voyageur commencèrent à se métamorphoser en animaux. Le village avait été maudit.

Le faucon battit des ailes et poussa un cri strident que Le Gris ignora.

— Certains enfants se métamorphosaient le jour, d'autres la nuit. C'était imprévisible, poursuivit-il. Le village s'isola et d'étranges rumeurs sur ses habitants se répandirent. De crainte que les enfants ne soient accusés de sorcellerie ou pire, les familles décidèrent de partir et de se disperser dans le pays, sans se communiquer leur destination.

— Alors je descends de l'une de ces familles… conclut Tomás.

— Exact. Après m'avoir raconté cette histoire, le Voyageur m'a remis des figurines en bois qui représentaient toutes les familles du village. Et il m'a dit que si je retrouvais leurs derniers descendants, il me rendrait mon apparence d'origine. Et ceci…

Le Gris souleva la statuette représentant un peintre.

— … Ceci se rapporte à toi.

Puis il regarda le faucon et leva celle du menuisier.

— Et celle-là, à toi. Tes ancêtres étaient d'excellents menuisiers. Les meilleurs de toute la région d'Alicante.

Plume battit nerveusement des ailes.

— Oh ! le soleil se couche, commenta Le Gris.

Il se pencha pour ouvrir la cage et attrapa brutalement le faucon par les pattes.

— Doucement ! s'écria Tomás. Vous risquez de les lui casser !

Le Gris l'ignora et posa le rapace par terre avec la pierre à laquelle il était attaché et qui l'empêchait de s'envoler. Puis il se tourna vers Trastamara.

— Les vêtements de la fille ?

L'autre sortit un paquet de sous son manteau crasseux et le lança méchamment vers le faucon.

— Cher Tomás, ce fut un plaisir de faire ta connaissance, conclut Le Gris. Mais ma liberté m'attend.

— Et Manuela ? rétorqua Tomás. Je suis comme un fils pour elle. Vous voulez vraiment lui causer plus de chagrin ?

L'expression du Gris devint glaciale.

— Manuela a exprimé clairement, il y de nombreuses années, ce qu'elle pensait de moi. Elle prétendait m'aimer, me voir tel que j'étais vraiment. Mais ce matin-là, elle m'a démontré le contraire.

— Elle n'a pas… commença Tomás, mais à cet instant, le soleil disparut derrière les arbres.

CHAPITRE 16

Tomás se transforma en Griffe et Plume redevint Amparo.

Trastamara pointa son fusil contre la panthère.

— Pas encore, lui ordonna Le Gris. Sa vie appartient au Voyageur.

— Mais vous m'aviez dit… vous m'aviez promis… ! protesta Trastamara.

— Je ne t'ai rien promis, déclara Le Gris.

Son ton froid et décisif laissait entendre qu'il n'y avait rien à ajouter. Pourtant, Trastamara continua de tenir la panthère en joue.

Amparo, encore étourdie par la métamorphose, s'empressa de s'habiller. Puis se hâta de rejoindre Griffe pour s'immobiliser devant lui.

— Bouge, petite, exigea Trastamara.

— Sinon quoi ? Vous me tirerez dessus comme vous l'avez fait sur mes parents ?

Trastamara regarda Amparo sans comprendre.

— Je ne sais pas de quoi tu parles.

Elle indiqua la maison dans laquelle elle était née et avait vécu ses premières années.

— Je parle de l'homme et de la femme qui vivaient là. Ma mère et mon père.

Le regard de Trastamara alla d'Amparo à la modeste construction. Puis revint se poser sur la jeune fille.

— Ainsi, l'histoire se répète, dit-il en s'esclaffant. Tu veux mourir à cause de cet animal, toi aussi ?

—Tuer la panthère ne servirait à rien. Cela ne vous rendra pas ce que vous avez perdu à cause de votre cruauté et de votre stupidité.

— Stupidité ? répéta Trastamara, outré. Comment oses-tu ? Puisque c'est comme ça, c'est sur vous deux que je vais tirer…

— J'ai dit que leurs vies ne t'appartiennent pas, articula Le Gris d'un ton glacial. Baisse ton arme.

— Je ne reçois d'ordre de personne ! brailla Trastamara. Encore moins d'un phénomène de foire comme vous !

Le Gris se retourna brusquement vers lui et le rejoignit en se déplaçant avec la vivacité d'un serpent. Il saisit le fusil d'une main et, de l'autre, le bras de Trastamara qu'il plia d'un geste brusque.

Trastamara poussa un cri de douleur.

— Ah ! Vous m'avez cassé le bras, vous m'avez… !

Le Gris attrapa Trastamara par le col de son manteau déchiré.

— Pas un mot de plus, ou ce sera le dernier, tu m'entends ?

Trastamara marmonna quelque chose d'indistinct et se recroquevilla sur le sol, serrant son bras blessé contre lui. Le Gris pointa le fusil sur Amparo et la panthère.

— Suivez-moi. Le Voyageur nous attend.

— Où ça ? s'enquit Amparo.

— Là où tout a commencé.

Sous la menace du fusil, Amparo et Griffe se dirigèrent vers la sortie du domaine, tandis que le ciel s'assombrissait et que l'air s'emplissait des bruits de la nuit. Quelque part, un hibou hulula et, à cet instant, Amparo regretta comme jamais d'avoir repris forme humaine.

— Halte ! ordonna Le Gris une fois qu'ils eurent atteint le fiacre.

Sans les quitter des yeux, il ouvrit la portière de bois sombre et, d'une main, il saisit quelque chose qui produisit un sinistre bruit métallique. Les tenant toujours en joue, Le Gris s'approcha d'eux et tendit à Amparo des menottes en fer reliées par une chaîne.

— Mets-les à tes chevilles.

Amparo obéit à contrecœur.

Le Gris lui passa une autre paire de menottes, reliées par une chaîne plus longue.

— Attache les pattes de la panthère.

La jeune fille prit les menottes, se demandant si, une fois à l'intérieur de la voiture, ils pourraient trouver le moyen de s'enfuir, peut-être en se jetant sur la route, ou en criant si jamais ils croisaient quelqu'un. Ses pensées étaient dictées par le désespoir, mais elle avait besoin de croire que Griffe et elle avaient encore une chance de s'en sortir.

— Je suis désolée, murmura-t-elle tandis qu'elle emprisonnait les pattes de la panthère.

— À présent, montez. Vite.

Amparo jeta un coup d'œil à l'intérieur du fiacre. L'habitacle n'était qu'un puits d'obscurité. Ravalant sa peur, elle se dirigea à petits pas vers le marchepied, lorsque…

Un bruit de sabots.

— Montez ! répéta Le Gris.

Cependant, Amparo ne bougea pas et ne put s'empêcher de se mettre sur la pointe des pieds, d'allonger le cou et de plisser les yeux, pleine d'espoir.

— J'ai dit…

La silhouette d'un cheval se dessina dans le lointain. Il avançait à vive allure et se dirigeait vers le domaine.

— À l'aide ! cria Amparo. Aidez-nous !

— Silence ! cracha Le Gris. Tais-toi !

Mais le cheval les avait désormais rejoints et s'était arrêté à quelques pas du fiacre. C'était un spécimen à la robe isabelle, avec une étoile blanche entre les yeux et d'autres taches claires éparpillées sur son dos et les flancs. Deux femmes le chevauchaient.

Amparo les reconnut toutes les deux.

Manuela, enveloppée dans un lourd manteau, pâle, les traits éprouvés par la douleur, murmura quelques mots à Ester qui tenait les rênes. Celle-ci posa pied à terre, puis l'aida à descendre à son tour, en la tenant par un bras. Elle ne semblait pas effrayée le moins du monde, ni par le fusil ni par la panthère. Ni même par l'aspect du Gris.

Manuela releva la tête. Elle regarda d'abord longuement la panthère, puis Amparo, et enfin posa les yeux sur Le Gris.

— C'est bien toi.

Le Gris resta silencieux, mais Amparo remarqua que quelque chose avait changé en lui. Sa respiration et son expression trahissaient… de l'incertitude, peut-être ? Des regrets ?

— Ne fais pas de mal à mon fils. Il ne le mérite pas, poursuivit Manuela. Je sais que malgré tout tu n'es pas un homme cruel. Je sais que, quelque part au fond de toi, il y a encore ce garçon sensible et…

— Arrête ça, l'interrompit Le Gris. Ce garçon est mort il y a des années. C'est même toi qui l'as tué en le traitant comme un monstre. C'est toi qui as fait de moi ce que je suis.

— Je ne voulais pas…

— Pourtant, c'est ce qui s'est passé, la coupa-t-il encore une fois. Et la seule façon de redevenir ce que j'étais est d'amener ces deux derniers gamins au Voyageur.

Manuela secoua la tête.

— Je ne sais pas qui est ce Voyageur, mais toi, tu veux vraiment faire du mal à ces deux innocents ?

Le Gris ne répondit pas.

— Après toutes les souffrances que tu as infligées, toutes ces familles à qui tu as volé un enfant… commença Manuela avant de fermer les yeux un instant. Ta faute est aussi la mienne. Tu as raison : si ce jour-là, je t'avais accepté pour ce que tu es sans me soucier de ton apparence, nous ne serions pas là aujourd'hui.

— Sur un point au moins, nous sommes d'accord.

Puis Le Gris s'adressa à Amparo et à la panthère.

— Montez.

Amparo n'eut pas le temps de se tourner vers la voiture qu'elle entendit crier :

— Attention ! Il a un couteau !

La jeune fille regarda autour d'elle. « C'est la voix de Pepe ? »

À ce moment, l'imposante silhouette de Trastamara émergea en courant de la grille ouverte, un bras inerte le long du flanc, son autre main brandissant un objet brillant.

— Griffe ! hurla Amparo en voyant l'homme se ruer vers la panthère.

D'instinct, l'animal bondit, mais les chaînes qui entravaient ses pattes le ramenèrent brutalement au sol. Ester se précipita vers Amparo et l'entraîna au loin.

Trastamara se jeta sur la panthère et tous deux, homme et animal, commencèrent à se battre furieusement au milieu des cris, des rugissements et des halètements. Leur mêlée les fit rouler au loin, et ils glissèrent le long de la pente qui séparait la route des champs.

Amparo, sans se soucier du danger, se dégagea de l'emprise d'Ester et les suivit.

— Attends ! entendit-elle dans son dos. Amparo, non !

Elle ignora les appels de Pepe et courut dans les champs, trébuchant à chaque pas à cause de ses chaînes. Elle bondit sur le côté de la route et atterrit sur des mottes de terre dures et froides. Elle sentit un élancement dans les chevilles, mais se remit à courir vers Trastamara et la panthère qui continuaient de lutter entre cris et rugissements.

Puis, soudain, tous deux s'immobilisèrent : Griffe avec le museau pressé contre le sol, le grand corps disgracieux de Trastamara sur elle.

« Non… »

Amparo se dirigea vers eux, suivie par Manuela et Pepe qui, à la vue des deux corps, invoqua le Très-Haut et un grand nombre de saints.

— Tomás ! gémit Manuela en essayant de repousser Trastamara.

Amparo, Pepe et Ester lui prêtèrent main forte et, au prix d'un grand effort, réussirent à le déplacer.

Amparo poussa un cri en croisant le regard vitreux de l'homme. Trastamara était mort : au cours de la lutte, son propre poignard lui avait transpercé le cœur.

— Griffe…

La jeune fille se pencha sur la panthère. Elle posa une main sur son flanc, à la recherche d'un battement de cœur, d'un mouvement, de quelque chose qui aurait pu lui signifier que son ami était encore vivant.

Mais elle ne sentit rien.

Manuela s'agenouilla auprès d'elle et caressa la tête de la panthère.

— Tomás ? Tomás, c'est moi. Ta mère.

Des pas retentirent derrière elles. Amparo fit volte-face et découvrit que Le Gris les avaient rejointes.

Il n'avait plus son fusil et malgré l'obscurité, on pouvait lire sur son visage un sentiment sans équivoque : la tristesse.

Il descendit la pente et se s'approcha de Manuela. Elle leva les yeux vers lui et son visage exprimait à la fois de la colère, du chagrin et du mépris.

— Tu es content, maintenant ? hurla-t-elle. C'est ce que tu voulais. Sa mort.

Le Gris resta immobile, la fente mince de ses yeux fixée sur le corps de la panthère.

— Je veux parler avec le Voyageur, dit Manuela. Je veux échanger ma vie contre celle de Tomás.

Ces mots semblèrent frapper Le Gris.

— Non.

— Ce n'est pas toi qui décides, Julio, répliqua la femme.

— Julio… répéta l'autre d'un ton lointain, détaché. Oui, il y a bien longtemps, on m'appelait comme ça.

— Conduis-moi à ce Voyageur, reprit Manuela.

Le Gris secoua la tête.

— Non. Je ne peux pas. Je ne veux pas.

Elle pointa un doigt contre sa poitrine.

— Ce que tu veux, toi, n'a pas d'importance. Je dois lui parler ! s'écria-t-elle avant d'éclater en sanglots. Je t'en prie. Je t'en supplie…

Le Gris pressa la main de doña Manuela et quelque chose changea en lui. L'espace d'un instant, Amparo eut l'impression que ses traits, si cruels et effrayants, s'adoucissaient.

À ce moment-là, la porte du fiacre s'ouvrit brutalement.

— Pour l'amour du Très-Haut miséricordieux ! s'exclama Pepe. Qui c'est encore, celui-là ?

Une haute silhouette, enveloppée dans une longue cape noire, le visage dissimulé par une capuche et un bâton à la main, descendit de la voiture.

— Mais… il n'y avait personne à l'intérieur… murmura Amparo.

Le Voyageur s'approcha du petit groupe.

Pepe recula, terrifié, entraînant Amparo avec lui. Ester se plaça devant les deux jeunes, mais le nouveau venu ne semblait avoir d'yeux que pour Le Gris et Manuela.

D'un geste protecteur semblable à celui de Pepe, Le Gris attira Manuela contre lui. Le Voyageur s'arrêta devant eux et tendit le bras : une main pâle et fine, à peine plus épaisse que celle d'un squelette, émergea de sa large manche. Le Gris sembla comprendre sa demande muette et lui tendit les deux dernières statuettes. Le Voyageur s'en empara et les pulvérisa entre ses doigts comme si elles étaient faites de plâtre. La poussière de bois n'eut pas le temps de toucher terre qu'elle fut emportée par une bourrasque de vent et se dispersa dans les airs comme du pollen. Le Voyageur fit un pas en direction de la panthère. Puis l'observa quelques instants, immobile.

— C'est mon fils, dit Manuela. Si vous le pouvez, sauvez-le. Je vous cède ma vie en échange, pour le peu qu'elle vaille.

Le Voyageur tendit une main squelettique vers Manuela qui la serra sans hésiter. Mais Le Gris s'interposa.

— Non, dit-il. Cette histoire est entre nous. Finissons-en ici, maintenant. Je renonce à Julio Alameda. Cet homme, pour moi, n'existe plus.

Le Voyageur pencha la tête de côté, examinant Le Gris, comme s'il soupesait ses paroles. Amparo et Pepe se serrèrent l'un contre l'autre.

— Lorsque tout cela sera terminé, murmura Pepe, si je suis encore en vie, j'irai prendre un bon petit bain dans un bénitier. Parce que je veux bien être réduit en cendres sur-le-champ si celui-là n'est pas le diable en personne !

Le Gris baissa le bras de Manuela. Sa main et celle du Voyageur se séparèrent. À cet instant, une violente rafale de vent balaya la campagne.

Le Voyageur fit un autre pas vers la panthère et son ample cape se gonfla comme une grande voile noire, dissimulant un moment le corps du félin.

Un instant plus tard, le vent cessa et la cape tomba au sol.

— Que tous les saints nous viennent en aide ! murmura Pepe d'une voix étranglée.

La panthère avait disparu.

À sa place se trouvait le corps d'un garçon aux cheveux bruns. Un garçon indéniablement vivant, ainsi que l'attestait sa cage thoracique qui se soulevait et s'abaissait au rythme de sa respiration.

Manuela s'agenouilla et serra dans ses bras le corps de Tomás, le recouvrant de son châle.

— Merci, dit-elle, levant les yeux vers Le Gris.

Et elle lui sourit.

Le Voyageur se tourna vers Amparo. Il désigna Tomás de son bâton, puis le pointa vers elle. Amparo recula, effrayée par cette présence mais, surtout, par le choix qu'il lui imposait de faire : renoncer ou non à sa vie animale.

Renoncer au faucon, c'était renoncer à voir le monde d'en haut. C'était renoncer à se sentir libre, sans contraintes ni limites, même si ce n'était qu'une partie de la journée, même si cela signifiait vivre constamment à mi-chemin entre deux mondes, l'humain et l'animal, avec toutes les difficultés et les souffrances que cela impliquait.

Même Pepe avait compris la demande muette du Voyageur.

— Tu pourrais à nouveau avoir des amies, chuchota-t-il à Amparo. Tu pourrais retourner à l'école, aller à la plage, faire tout ce que font les gens… les gens normaux.

Elle le regarda.

— Je le sais, mais…

— Mais ?

— Sans le faucon, je me ne sentirai vivante qu'à moitié, murmura-t-elle.

Elle leva les yeux vers la silhouette sombre du Voyageur.

— Non, je refuse.

Si sa réponse surprit le Voyageur, ce dernier n'en laissa rien paraître. Il se contenta de baisser son bâton et de faire signe au Gris de le suivre.

Après un dernier regard à Manuela, Le Gris, sans poser de question ni soulever d'objection, suivit le Voyageur le long de la route. Juste avant un virage, ils disparurent dans un léger nuage de poussière, se dispersant dans le vent de la nuit.

ÉPILOGUE

La silhouette massive du Puig Campana se détachait, tel le dos d'un taureau endormi, sur le ciel orangé. Le prêtre n'avait jamais célébré de funérailles au coucher du soleil, mais il avait pourtant accepté de bon cœur la requête pleine de tristesse de ce garçon brun au nez légèrement aplati qui lui avait inspiré une immédiate sympathie.

Il ne pouvait pas dire la même chose de son compagnon, un gamin des rues à la langue bien pendue, qui avait l'habitude inconvenante de mentionner le Très-Haut, avec qui il prétendait avoir un « lien direct ».

Une fois la cérémonie terminée, il ne resta que trois personnes autour de la tombe : le garçon aux cheveux bruns, le gamin des rues avec un faucon perché sur l'épaule et une belle dame aux cheveux couleur de miel. Le prêtre les salua, serra la main du garçon brun, puis se dirigea vers le village et le presbytère.

Les deux garçons et la femme s'attardèrent quelques minutes encore, puis cette dernière s'éclaircit la voix.

— On se voit à la roulotte.

— D'accord, Ester, répondit Tomás.

L'air se fit plus frais et le soleil entama sa lente descente vers l'horizon. Le faucon s'envola et se réfugia à l'extérieur du cimetière, au-delà des arbres. Lorsque les derniers rayons du soleil eurent disparus, Amparo revint auprès des garçons tout en nouant autour de son cou sa cape couleur de sauge.

Tomás glissa ses mains dans les poches de son pantalon et leva les yeux.

— Je ne me suis pas encore habitué à observer la nuit avec des yeux humains, sourit-il. C'est magnifique.

— Ça ne te manque pas ? demanda Pepe.

— Quoi donc ?

— Être une panthère.

Tomás secoua la tête.

— Non. J'ai toujours vécu ça comme une prison, pas comme un don. Contrairement à toi, dit-il en se tournant vers Amparo.

— Renoncer au faucon aurait signifié renoncer à une partie trop importante de moi. Je me serais sentie incomplète. Et puis…

Elle secoua la tête, essayant d'exprimer à voix haute le fond de sa pensée.

— Si moi, je n'arrive pas à m'aimer telle que je suis, comment les autres pourraient-ils le faire ?

— Eh bien, parler d'amour maintenant me paraît excessif, mais sache qu'à moi tu me plais telle que tu es, déclara Pepe.

Et en prononçant ces mots, ses joues creuses prirent une teinte écarlate.

— Écoutez-moi cette déclaration ! commenta Tomás.

— Mais quelle déclaration ? s'exclama Pepe, s'empourprant de plus belle. D'ailleurs, tiens, dit-il à Amparo d'un air ennuyé, si tu as l'intention de te faire transporter régulièrement sur mon épaule, il faudra que tu te coupes les serres. Je suis tout égratigné.

— J'y veillerai, répondit Amparo d'un ton très sérieux.

— Je l'espère bien, répliqua Pepe.

Il regarda Tomás.

— Et toi, arrête de rire. Dis-moi plutôt quand le bateau lèvre l'ancre ?

— À minuit.

— Tu sais déjà où aller, une fois à Marseille ?

— Amparo, tu me l'as déjà demandé, répondit Tomás, mi-exaspéré, mi-amusé. J'ai l'adresse que m'a donnée le vieil ami de mon père, le pharmacien de Sagunto. Et je connais le prénom et le nom de famille de ma mère : Beatriz Castillo. Il ne doit pas y avoir des milliers de familles espagnoles qui habitent Marseille. Je devrais pouvoir trouver la mienne.

— Si je venais avec toi, peut-être, déclara Pepe. Essaie déjà de prendre le bon bateau. Tu serais capable de te retrouver en Italie ou en Grèce.

Les trois amis éclatèrent de rire. Deux femmes vêtues de noir, qui venaient d'entrer dans le cimetière, leur adressèrent un regard réprobateur.

— Mieux vaut sortir, suggéra Amparo.

— Je reste encore un peu, dit Tomás.

Amparo acquiesça, compréhensive.

Elle et Pepe quittèrent le cimetière, laissant à Tomás le temps de dire adieu à la femme qui l'avait élevé, aimé et protégé durant dix ans.

— As-tu parlé à ton grand-père ? demanda Pepe tandis qu'ils attendaient leur ami.

— Oui. Avant de venir ici.

— Et alors ?

— Il ne savait vraiment rien sur la mort de mes parents, en dehors de ce que Manuela lui avait raconté lorsqu'elle m'a emmené chez lui, la nuit de l'incendie au domaine.

— Elle lui a dit que tes parents étaient morts et qu'il ne devrait jamais poser aucune question ni chercher à savoir quoi que ce soit s'il ne voulait pas que tu finisses comme eux, c'est bien ça ?

Amparo acquiesça.

Pepe donna un coup de pied dans un caillou.

— Je suis désolé. Trastamara méritait tout ce qui lui est arrivé.

— Oui. Tout.

Pepe se racla la gorge.

— Dis, je n'ai pas eu le courage de le demander à Tomás, mais…

— Mais ?

— Avant de mourir, est-ce que Manuela a expliqué à ton grand-père pourquoi elle était chez les Trastamara, cette nuit-là ?

— Elle croyait que Le Gris s'y rendrait, répondit Amparo.

— Pourquoi ?

— La Mère supérieure suivait ses déplacements ou, du moins, essayait de le faire, en suivant les lieux des disparitions d'enfants. Et elle savait qu'il était en ville, parce qu'il s'était présenté au couvent à la recherche d'informations sur les enfants adoptés au début du siècle. Elle l'avait chassé et avait ensuite prévenu Manuela qui était en visite au couvent ces jours-là. Si quelqu'un était en mesure de raisonner Le Gris, ou plutôt Julio Alameda, c'était bien elle.

— Mais Le Gris n'est pas allé au domaine Trastamara…

— Tomás n'était pas le seul enfant adopté qui pouvait l'intéresser, expliqua Amparo. Il y en avait d'autres, comme l'a expliqué la Mère supérieure à Manuela. En tout cas, Tomás a eu de la chance que Manuela soit là, cette terrible nuit.

À ce moment-là, ce dernier rejoignit ses amis, les yeux emplis de tristesse.

— J'ai l'impression de l'abandonner.

— Elle est en paix, maintenant, le consola Amparo.

— Et là, c'est sa maison, dans le fond, ajouta Pepe en désignant le petit village qui s'étendait sous leurs yeux.

S'ensuivit un moment de silence, seulement perturbé par le murmure du vent dans les feuilles et le cri lointain d'un hibou.

— Au fait, reprit-il, une fois que tu auras retrouvé ta famille, tu ne vas pas rester à Marseille, devenir Français et nous oublier, hein ?

Tomás regarda d'abord Pepe, puis se tourna vers Amparo.

— Je ne pourrai jamais vous oublier.

Amparo jeta ses bras autour de Tomás qui, après un moment d'immobilité, lui rendit la pareille.

— Hé, je suis là, moi aussi ! s'exclama Pepe en se jetant sur ses deux amis.

— Les enfants, allons-y ! les appela Ester depuis la charrette, tout en allumant une lanterne. Tomás risque de rater le bateau !

Les trois amis se dirigèrent vers Ester. Juste avant de la rejoindre, ils croisèrent un couple à peine plus âgé qu'eux, riant et marchant main dans la main.

— Excusez-nous, vous savez si ce chemin mène au village abandonné ? demanda le garçon.

Tomás hésita.

— Oui, mais…

— Ce n'est pas un endroit agréable, intervint Amparo. Vous feriez mieux de ne pas y aller.

— Les fantômes ne nous font pas peur, déclara la fille.

— Les fantômes ne sont pas la chose la plus terrifiante que vous trouverez là-bas, commenta Pepe.

Les deux amoureux échangèrent un regard perplexe et, après des remerciements confus et hâtifs, poursuivirent leur chemin.

— Espérons que tout ira bien, soupira Pepe.

—Vous croyez qu'il est toujours là-bas ? demanda Amparo.

— Qui ? fit Tomás.

— Le Voyageur, répondit-elle.

— Impossible, déclara Pepe avec force. Vous l'avez vu, vous aussi, non ? Il s'est volatilisé avec Le Gris.

— Que s'est-il passé, selon vous ? s'enquit encore Amparo.

— Mieux vaut éviter de poser certaines questions si on n'est pas prêt à affronter la réponse, décréta Pepe en montant d'un bond à bord de la charrette. Et après tout ce qui est arrivé, je ne crois pas que je pourrais en supporter davantage.

— Quelle sagesse ! commenta Ester.

Elle attendit que Tomás et Amparo soient montés à bord, puis fit claquer sa langue. Le cheval hennit et se mit en marche, balançant sa longue queue blonde pour chasser les mouches.

La charrette prit la route de Valence en contournant le village. Bercés par la cadence de son trot, les yeux fixés sur le ciel qui se couvrait d'étoiles, les trois amis ne remarquèrent pas la silhouette sombre qui les épiait du haut d'une colline.

Lorsque la charrette eut disparu au détour du chemin, la silhouette solitaire glissa une main dans la poche de son long manteau noir et en sortit un objet brillant : une clef en or.

Elle la serra entre ses doigts minces, se retourna et, après un dernier regard à l'endroit où se trouvait la charrette un instant plus tôt, se dirigea vers le village abandonné.

IMPRESSION : NORMANDIE ROTO IMPRESSION S.A.S. À LONRAI
DÉPÔT LÉGAL : FÉVRIER 2024. N°154658 (2305447)
Imprimé en France